칭다오 내 사랑

青島

칭다오 내 사랑

최병우

새미

칭다오에서의 기억을 되살리며

2009년 2학기를 나는 중국 칭다오에서 보냈다. 학교에서 해외파견을 받아서였는데 일 년을 나가 있는 것이 약간 지루할 듯하기도 해서 한 학기만을 신청한 것이다. 나로서는 처음으로 해외에 나가 장기간 생활하는 일이어서 긴장을 많이 했지만 막상 칭다오에 도착하여 지내보니 학과나 주변에 한국어로 의사소통을 할 수 있는 사람들이 적지 않아 비교적 편안한 생활을 하였다.

사실 칭다오에서 한 학기를 보내겠다고 생각하고 가기는 하였지만 칭다오에 대해 아는 것은 거의 없었다. 2005년 겨울에 중국해양대학에서 환항해권 학술대회를 할 적에 초청받아 이틀간의 학술대회 기간 중에 반나절인가 시내관광을 한 적이 있고, 2007년 위해에 있는 산동대학 한국학원에 일이 있어 방문할 적에 하루를 칭다오에서 지낸 적이 있을 뿐이었다. 그러니 해외파견 교수로 결정이 된 다음에 책과 인터넷에서 조사해 본 것이 칭다오에 관한 아주 엷은 지식의 전부였던 것이다.

그러나 8월 중순에 칭다오에 도착하여 어산 캠퍼스에 자리한 외국인 전문가 숙소에 자리를 잡고 연구실을 오가며 학교 주위와 구시가지를 어슬렁거리며 이것저것 확인하면서부터 칭다오가 가진 묘한 매력에 빠져들기 시작했다. 늘 부옇게 끼어 있는 안개와 습한 날씨, 어산 캠퍼스에서 몇 분만 걸어가면 나타나는 아름다운 해안, 독일인들이 조성해 놓은 학교 캠퍼스와 구시가지의 아름다움 그리고 칭다오 사람들의 삶의 모습에 점차 매료되어 간 것이다.

시간이 얼마 지나자 칭다오에서의 생활을 잊지 않기 위하여 일기를 쓰고, 보고 듣고 느낀 것들을 틈틈이 글로 적기 시작하였다. 처음에는 옆방에 두 명의 조선족 연구원들이 있기는 하였지만 썰렁한 연구실에 종일 혼자 앉아 있는 지루함을 덜기 위한 의도도 있었으나 칭다오의 속살들을 찾아보고 공부하고 느끼면서 점차 하나의 책으로 엮고 싶은 생각이 일기 시작하였다. 물론 책을 내겠다는 생각을 주변 사람들에게 이야기한 후부터는 글쓰기가 하나의 일처럼 느껴지기는 하였지만 칭다오 생활이 끝나는 2010년 2월 초까지 글쓰기는 계속되었다.

귀국 후 바로 책을 낼 요량이었으나 반 년 간의 일상적 시간의 단절은 귀국 후 시간에 쪼들리게 하여 원고의 마무리는 천연되었다. 일 년이 조금 더 지난 시점에서 이제 더 미뤄서는 안 되겠다는 생각에 출판사와 약속을 하고 원고를 정리하다 보니 손 볼 것이 적지 않았고 또 칭다오에 가서 다시 확인하여야 할 일들도 눈에 띄었다. 마침 올해 5월에 중국해양대학 대학원생들에게 특강을 할 기회가 주어져 이틀의 시간을 내어 부족한 사실들을 확인하고 필요한 사진들을 보충할 기회를 가졌다.

이 글을 쓰면서 중국어를 한국어로 표기할 때 어떻게 할 것인가에 대해 고민을 하지 않을 수 없었다. 현행 외래어 표기법에 따라 적는 것이 원칙이겠지만 중국어를 외래어 표기법에 따라 적는다 하더라도 사성을 표시할 수 없는 바에야 원음과 너무나 다르기도 하고, 또 내가 중국어의 발음을 정확히 아는 것도 아니어서 한자를 그대로 한국 음으로 표기하기로 하였다. 그러나 칭다오의 경우 한자로 청도(青島)인데 그대로 청도로 적을 것인지 칭다오로 적을 것인지로 고민을 하다가 도시 이름으로서 청도는 칭다오로 적고, 나머지 지명에 연결되는 경우에는 청도만, 청도산 식으로 적기로 하였다. 너무나 자의적인 결정이지만 그냥 청도라 적을 경우 중국의 칭다오라는 느낌이 약화되는 것 같기도 하고, 책 제목에서 경상북도 청도와 혼란이 생길 것 같다는 점 등을 고려한 것이다.

이제 원고를 마무리하고 보니 이 책을 내는데 주위의 많은 사람들이 없었다면 책의 출간 자체가 불가능했다는 생각에 몇 마디 감사의 말을 적지 않을 수 없다. 우선 반년의 시간을 칭다오에서 생활하도록 해외파견의 기회를 준 강릉원주대학에 감사한다. 이와 함께 해외파견을 받아주고 숙소와 연구실을 무료로 제공하도록 편의를 보아주신 중국해양대학 오덕성(吳德星) 총장님과 대화(戴華) 국제합작교류처장님께 감사드린다. 그 누구보다 해외파견 대학을 중국해양대학으로 결정하게 하고 입국에서 출국까지 거의 모든 일에 도움을 아끼지 않은 한국연구소 이해영 소장의 고마움을 잊을 수 없다. 그리고 늘 주변에서 도움을 준 한국어학과 이광재 학과장과 학과 교수들께도 감사의 마음을 전한다.

칭다오에 있는 동안 함께 답사를 하고 많은 이야기를 나눈 김윤태 선생과 중국이 낯선 나를 편히 안내해 준 조춘호, 이성주 두 연구원에게도 감사드린다. 또 칭다오에 있는 동안 함께 세미나를 하고 여러 군데 답사에 도움을 준 청도농업대학의 이춘매 교수와 청도이공대학의 장춘매 교수에게 고마움을 전한다. 마지막으로 2차 칭다오 답사 여정에 많은 도움을 준 안풍려(安豊麗) 양에게도 감사한다.

2011년 7월 더운 날
신정동 우거에서 최병우 씀

美
丽

III. 칭다오, 그 아름다운 이름이여

IV. 칭다오 여기저기 역사는 흐르고

历
史

韓民族

V. 칭다오 거주 한인들의 삶

Ⅰ

청다오와 청다오 사람들 이야기

새벽 다섯 시에

아직 새벽 다섯 시, 미명이다. 별 피곤할 일 없이 책만 읽는 날들인데다가 11시 조금 넘으면 잠이 들어서 그런지 늘 다섯 시에서 여섯 시 사이에 잠이 깬다. 대체로 누워서 조금 더 밍그적거리다가 일어나 잠자리를 정리하고 간단히 세수를 한 뒤, 사과나 오이 한 알을 깎아 먹고는 여섯 시 쯤에 산책을 나선다. 학교 안에는 나무가 많아서 공기도 맑아 공원을 산책하듯 걷기에 딱 좋은데 학교 밖으로 나가면 매연이 제법 심하다. 조금 더 날씨가 쌀쌀해지면 구 칭다오를 좀 더 돌아다니더라고 아직은 학교 안을 걷는 것이 좋겠다 싶어 대운동장을 네댓 바퀴 돌고 해양관 뒤 정원을 산책하고 한 시간 내외에 숙소로 돌아오는데 이 정도만 걷고 나도 머리가 상쾌해진다.

칭다오는 산이 많은 바닷가 동네라 그런지 아침이면 거의 언제나 옅은 안개가 낀다. 내가 칭다오에 온지 보름이 넘었는데 아침 산책에서 건너편 신호산 중턱의 독일 총독 관저가 맑게 보인 적이 한 번 밖에 없을 정도이다. 하지만 태풍이 지나가는 경로를 벗어나 있어 직접적인 피해를 보는 법이 없고, 여름에는 30도를 조금 넘고 겨울에는 영하 10도 이하로 내려가는 법이 없는 동네란다. 습도가 조금 높아 그렇지 기후 조건은 서울과 비슷하고 사람 살기에 아주 좋다.

칭다오 아침은 안개와 함께 한다

산동성도 제남을 건너가면 온통 평원이라는데 태산 동쪽 지역은 산이 많다. 칭다오 시내만 하더라도 지역이나 공원 이름에 산이 들어간 곳이 적지 않다. 소어산, 신호산, 관해산, 관상산, 청도산, 저수산 등 산 이름을 가진 공원과 어산, 부산, 노산 캠퍼스 같은 이름들이 그러하다. 독일인들이 지은 구 칭다오의 아름다운 집들이 모두 바다가 바라보이는 언덕 쪽에 동향이나 남향을 가리지 않고 바다를 향해 지어진 것도 칭다오의 지역적 특성이 반영된 결과일 것이다. 하긴 구 칭다오를 이루는 청도만이나 조금 동쪽의 회천만이나 팔달관 앞의 태평만이나 칭다오의 모든 바다는 남향으로 자리한 만들이니 산에서 바다를 향해 집을 지으면 대체로 동남향에서 서남향이 되기는 한다.

날이 조금 선선해지면 구 칭다오의 조금은 낡고 아름다운 역사 유물로 이어진 거리를 열심히 걸어야겠다. 가을이라 잠시 단풍의 아름다움을 보여주고 잎들이 떨어지고 나면 을씨년스러운 거리 풍경이 되겠지, 건물들 사진 찍기는 조금 더 편할 것이고. 노사고거의 바깥벽에 걸려 있는 <오월의 칭다오>를 읽어 보니 봄에는 칭다오 전체가 온통 꽃으로 뒤덮인다며 꽃의 바다를 이룬다고 표현되어 있다. 이해영 선생이 칭다오에 도착한 날 학교에 들어오면서 지금도 숲이 좋지만 봄에 와보니 온통 꽃이 피어 장관이라고 말하더니 학교 안을 돌아다녀 보니 그럴 만도 하다. 학교의 중심을 이루는 길의 이름조차 '벚꽃 바닷길'이라는 뜻의 잉하이루(櫻海路)일 정도이니 말이다.

또 구 칭다오 지역은 해발 100미터가 되지 않는 나지막한 구릉이 이어지고 나무들이 잘 관리되어 있는데다가 70년에서 100년 정도 된 집들 정원에는 아름드리 나무들과 지천으로 널려 있어서 도시 전체가 푸른 빛으로 덮여 있다. 새로 개발하는 시정부 청사와 오사광장이 있는 곳으로부터 부산 지역 까지의 신개발지는 온통 시멘트로 뒤덮여 가로수만이 숨통을 트여주고 남쪽으로 바다 북쪽으로 멀리 산들이 보이는 점에서 여느 도시들과 마찬가지지만, 팔대관부터 서쪽으로 이어지는 구 칭다오 지역은 도시 이름 그대로 푸른 섬이다. 바닷가 바위는 붉은 빛을 띠어 홍도이지만 멀리서 바라보면 온통 초록의 바다인 것이다. 도시 개발을 하면서 시멘트로 뒤덮는 개발보다는 원래의 도시를 살리며 발전시켜 나가야 사람이 살 만한 도시가 되고 또 그래서 과거의 흔적을 보러 관광객이 몰려든다는 것을 유럽의 여러 도시에서 느낀 바 있는데, 이번에 칭다오에 와서 다시 한 번 확인하였다.

글을 쓰다 보니 창 밖에 밝아 온다. 창밖의 나무들이 바람에 심하게 흔들린다. 빨리 세수를 하고, 긴 트레이닝을 꺼내 입고 산책을 나서야겠다.

가을의 문턱에 서서

보름 전 칭다오에 올 때는 전국 최고기온이 40도를 넘어서고 중국 전역이 30도에 가까운 날씨를 보였다. 이곳 칭다오의 날씨도 32도를 웃도는 폭염이더니 지난 주말에 비가 약간 오고는 주초부터 갑자기 바람이 불면서 완연한 초가을 날씨로 변해 버렸다. 백로가 지났으니 가을이 다가온 것은 분명한데 불과 며칠 사이에 아침저녁으로는 긴팔 옷을 찾게 되고 낮에도 얇은 남방이라도 하나 걸쳐야 연구실에 앉아 있을 수가 있으니 계절의 변화가 제대로 느껴진다. 하지만 아직은 추석도 지나지 않았으니 남아 있는 더위가 몇 번은 더 있을 것이라 여름옷을 챙겨 넣기는 좀 그렇다.

반팔 티셔츠 위에 긴팔 면 남방을 걸쳐 입고 연구실에 나와 차를 마시며 창 밖 정원을 내려다본다. 약간의 구름이 깔린 하늘이 나뭇가지 사이로 보이는 연구실 밖 풍경이 두 주일 전보다는 쓸쓸해 보인다. 날씨가 썰렁해져서 그런지 며칠 사이로 새들도 덜 날아들고 매미들의 울음소리도 들리지 않는다. 창 바로 앞 나뭇가지 끝에 앉아 쉬는 빨간

고추잠자리 한 마리가 작은 정원의 가을 맛을 느끼게 해준다. 개학을 하면서 학생들이 많아져 학교 전체의 분위기는 흥청거리지만, 학교 한 구석 틈에 자리한 사람 드나들지 않는 작은 정원은 계절의 변화를 더 민감하게 느끼게 해준다. 계절이 바뀌는 정원을 바라보다 보니 세서천역(歲序遷易)이라는 구절이 저절로 떠오른다.

칭다오의 나뭇잎은 맥없이 스러지고

가을로 접어들면서 이곳의 기상예보 방송은 시작 부분에서 '하늘은 점차 높아가고 들판의 곡식은 익어간다'는 등 칠언시 풍의 몇 구절을 들려주고 그날의 날씨를 예보한다. 내가 매일 아침 여덟 시 오 분 전에 챙겨보는 중국 중앙방송 1채널의 기상예보에 따르면 이미 흑룡강성의 몇몇 도시는 아침 최저기온이 5도까지 하강하고 있다. 그런데 중경이나 광서 지방 등은 오늘 최고 기온이 37도라니 중국 대륙의 광대함을 다시 한 번 느끼지 않을 수 없다.

하긴 이미 티베트의 고산 도시들에서는 영하의 기온을 기록하였을 터인데, 내가 보는 중국 방송 칭다오 유선이 칭다오를 중심으로 방송하는 탓인지 티베트 같은 지역은 기상예보에 거의 등장하지 않는다. 이곳의 기상예보를 보면 북경과 동북 지역 그리고 화북 일부 지역은 성(省)별로 두어 도시의 날씨와 온도가 나오는데 비해 산동 지역은 열 개에 가까운 지역의 날씨와 온도를 알려준다. 반면에 남방 지역이나 서방 지역의 날씨는 전국 기상 안내에는 소개되지만 각 성별, 도시별 기상예보에는 등장하지 않는다. 전국 기상을 도시별로 알려주려면 시간이 너무 걸리니까 유선방송사들이 지역별로 다른 기상 예보를 내 보내는 모양이다.

나라가 넓다 보니 중국은 한국과 많은 부분에서 차이를 보인다. 거의 모든 정책들이 성 단위로 결정되고 성과 성의 차이가 한국에서 생각하는 도와 도의 경계를 훨씬 넘어선다. 북방의 자연적인 조건들이 남방에 비해 너무나 다르고, 서쪽과 동쪽의 경제적인 상황이 너무나 다르니 한국처럼 일률적인 조례로서 이 나라를 다스린다는 것은 불가능하겠다는 생각을 하게 된다. 연전에 상해외국어대학의 사천진 교수가 사석에서 한국이라는 작은 나라의 잣대로 중국을 바라보기는 어려운 점이 있다는 요지의 말을 한 적이 있는데 중국에 와서 수시로 느끼는 것이 바로 그러한 점이다.

중국 건국 60년을 맞이하여 신문이나 방송은 물론 문화·예술계도 시끌벅적한 모양이다. 이곳 텔레비전 방송을 보면 건국 60주년을 위한 퍼레이드 준비라든지 행사에 쓸 꽃을 재배하는 일이라든지 축하 공연과 같은 내용이 주를 이룬다. 드라마 송출 방송인 중앙방송 8채널에서 보여주는 <북평, 전쟁과 평화>나 <상해의 숨은 이야기> 등은 모두 건국 60주년 특별 드라마로 혁명전쟁과 항일전쟁의 역사와 영웅들을 다룬 영화들이다. 신문에서도 건국 60주년을 말하면서 중국의 현 위상을 점검하고 국민들에게 중국의 위대한 역사를 일깨우고 중국인으로서의 자존을 갖게 하려는 의도의 글들이 눈에 많이 뜨인다.

이제 중국은 100년에 가까운 잠에서 깨어나 자본의 논리를 받아들여 성장을 시작한지 30년 만에 세계의 강국으로 떠오르고 있다. 후진타오 주석이 '곱하여 강국임을 생각하지 말고 나누어 발전해야 함을 깨닫자'고 말한 것이 몇 년 전인데 이제 중국은 개인으로 볼 때는 그렇지 않지만 국가적으로는 세계 2위의 부자 국가로 성장했다. 이런 상황에서 한국인이 개인의 차원에서 경제적으로 조금 부유하다는 것만으로 중국과 중국인을 가벼이 볼 수는 없는 일이다. 언젠가 석영이 말한대로 오랜 시간이 지나고 나면 '20세기에서 21세기로 넘어가는 어느 시기에 우리 조상들이 중국을 우습게 알았던 시기도 있었다'는 식으로 말하게 될지 모르는 일이니 말이다.

가을의 문턱에 나뭇잎이 점차 빛을 잃고 쓸쓸해져가는 작은 정원을 내려다보며 차 한 잔의 여유를 즐기다보니 이런저런 생각들이 머리를 스친다.

칭다오는 안개가 많다

아침에 산책을 나서는데 부옇게 흐린 안개가 온 학교를 덮었다. 대운동장 쪽으로 나와보니 건너편 신호산 공원과 영빈관이 안개에 가려거의 보이지 아니하고 잔교 쪽의 빌딩들은 전혀 보이지 않는다. 새벽 안개가 매연과 섞이지 않은 듯 큰숨을 들이쉬어도 매캐하지는 않고, 학교를 둘러싼 숲의 향기로 부옇게 흐린 도시 풍경과 키 큰 플라타너스들이 오히려 신비하게 느껴진다. 오늘은 오랜만에 참 짙은 안개가 끼었다.

칭다오에 와서 아침 산책을 나선 것이 벌써 오십여 차례는 될 것 같은데 안개가 끼지 않아 신호산이나 잔교 쪽이 쨍하게 보인 적이 두어 번에 그치는 것 같다. 늘 옅은 안개가 끼어 도시 풍경이 어슴프레 하고, 가다 한 번씩 짙은 안개가 끼어 신비감을 더하기도 한다. 더욱이 해가 중천에 뜨면서 하늘이 맑게 개어도 새벽에 낀 안개가 완전히 걷히는 일이 별로 없다. 늘 부연 안개가 끼어 있어서 청도만이나 회천만 해변을 지날 때 바다를 바라보면 수평선이 칼로 그은 듯 보이는 날이 거의 없다. 그야말로 칭다오는 늘 안개가 끼어 있는 무진(霧津)이다.

대체로 한국에서는 아침에 안개가 끼었다가 해가 나면서 맑아지기 때문에 아침 안개는 날이 맑을 징조로 알아왔다. 그런데 칭다오의 안개는 아침에 잔뜩 끼었다가 낮에 조금 나아지기는 하지만 거의 종일토록 부옇게 흐려 있다가 저녁이 되면 다시 안개가 몰려들어 안개가 끼면 날이 맑다는 공식이 여지 없이 깨어진다. 물론 낮이 되면 햇살이 강하게 내려쪼이지만 시야는 쨍하니 열리지는 않는 것이다. 상식이라는 것은 늘 새로운 장소에 가면 깨어지기 마련이어서 칭다오에 와서 안개와 날씨에 관한 그간의 상식이 깨어졌다. 아침에 낀 안개가 종일 걷히지 않고 도시를 뒤덮고 있으면 머릿속이 약간은 흐리멍덩해지는 듯한 착각에 빠지기도 한다.

독일 총독관저는 옅은 안개에 묻혀

26

어떻게 보면 안개가 끼어 시야가 어느 정도 가려져 있어 100년 가까이 된 구 칭다오의 분위기가 더욱 몽환적이 된다. 새벽 산책을 나가 보면 도시가 잠에서 깨어 부스스한 모습이 안개에 흐릿해져 있어 조금 멀리 보이는 오래된 낡은 건물들이 흑백의 아스라한 모습으로 나를 유혹하고, 낮에 동산 위에 올라가 바라보는 구 칭다오와 바다 역시 빛바랜 사진을 보는 듯한 착각에 빠지게 한다. 특히 저녁이 되어 가로등이 켜지면 몰려드는 안개로 환상적인 분위기가 연출된다. 노란색 등에 안개가 몰려들면 도시 전체가 구름 속에 나 앉은 듯하고 신호산 공원이나 소어산 공원의 황금빛 조명은 더욱 빛을 발하고, 도시의 오래된 건물들은 환상적인 분위기를 연출한다. 베네치아나 피렌체와 같이 가로등을 더욱 아름답게 장식하고 건물에 조명을 잘 비춘다면 구 칭다오의 야경은 세계 어느 도시의 야경에 못지않을 것이라는 생각을 하곤 한다.

칭다오에 자주 안개가 끼는 것은 바다를 끼고 있는 도시라 그러한 것이 아닌가 이야기하곤 했지만, 내가 근무하는 강릉은 바닷가이면서도 앞이 보이지 않을 정도로 해무가 끼는 날이 없는 것은 아니지만 거의 언제나 바다는 수평선 끝까지 환하게 펼쳐지는 것을 생각하면 꼭 그렇게만 설명할 수는 없을 듯하다. 칭다오가 강릉과 달리 얕은 바다를 끼고 있고 바다의 수온이 동해 바다와 달라 그렇다는 설명을 해보기는 하지만 그런 부분에 문외한인 나로서는 무어라 분명한 답을 내리지는 못하고 있다.

안개가 자주 끼다 보니 칭다오에 살면서 가장 큰 불편을 느끼는 것이 습도가 너무 높다는 것이다. 처음 칭다오에 와서 지금까지 빨래를 하고 나면 잘 마르지 않는다는 것이 큰 불편 중의 하나이고 아침저녁으로 산책을 하고 나면 옷이 축축하게 느껴지는 것도 커다란 불편함이다. 더욱이 에어컨을 가동하지 않으면 침대가 눅눅하여 잠자리에

27

들 때마다 신경이 쓰이는 것 역시 적지 않은 고통이기도 하다. 관절이 신통치 않은 나로서는 이러한 습기가 통증을 유발하지나 않을까 하고 적지 않은 걱정을 하였는데 아직 그런 일은 없다. 내 생각에 기압의 변화로 날이 흐릴 때 신경통이 발작하는데 이곳의 흐린 날씨는 기온과 습도에 의해 만들어지는 것이라 내 관절에 직접 영향을 주지는 않는 모양이다. 나로서는 이것은 큰 다행이 아닐 수 없다.

하지만 안개가 자주 낀다고 해서 칭다오 사람들이 사는데 큰 불편함을 주는 것 같지는 않다. 내가 30년 쯤 전에 살았던 김포도 한강 옆에 있는 지역이라 안개가 많이 끼었는데 그곳 안개는 참으로 엄청났다. 가끔씩 짙은 안개가 끼면 10미터 앞도 보이지 않을 정도여서 차들도 굼벵이 운행을 하고 사람들이 길을 나다니기에도 많은 불편을 주었다. 물론 낮이 되면 안개는 사라지고 언제 그랬냐는 듯이 해가 반짝하기는 했지만 출근 시간에 주는 불편함이란 이루 말할 수가 없었던 것이다. 그러나 칭다오의 안개는 그렇게 짙지는 않고 늘 엷은 박무가 끼어 있는 정도여서 안개가 끼었다고 해서 차량의 운행에 방해가 되지는 않는다. 참 특이한 안개다.

칭다오는 북위 36도로 위도가 상당히 높은 편이지만 노산에서 생산되는 녹차는 아주 유명하다. 중국의 대표적인 차 산지 중 강북 지역으로 분류되는 섬서성, 하남성, 강소성, 산동성 등은 중국차 재배지로서는 북쪽인데 그 중에서도 산동성이 위도가 가장 높다. 그렇지만 산동성 칭다오에서 노산녹차라는 훌륭한 녹차가 생산되는 것은 바닷가라 날이 따뜻하기도 하고 칭다오의 짙은 안개가 차의 질을 높여준 결과일 것이다. 안개가 시야를 흐리게 하고 삶에 약간의 불편함을 주기는 하지만 차라는 경제적 작물을 생산하게 해준다는 점은 천혜의 조건이기도 하다.

늘 부옇게 박무가 낀 칭다오에서 수평선이 드러날 정도로 맑은 날을 보게 되면 참 반갑다. 사진기를 들고 깨끗한 풍경 사진을 찍고 싶은 욕심이 생기는 것이다. 그러나 맑은 날이 미리 예보를 하고 오지는 않는 것이어서 아직 청명한 칭다오 사진을 찍어보지 못한 것은 칭다오의 안개가 나에게 주는 아쉬움 중의 하나이다. 하지만 그 안개가 '아, 무진 칭다오의 아름다움이여!'라는 나의 생각을 지우지는 못한다.

가을이 내리는 칭다오

새벽녘에 바람소리에 잠이 깨어 한동안 잠을 설치게 하더니 종일 강풍이 불어댄다. 기온은 그리 낮지 않다고 예보가 되었지만 흐린 하늘에 불어대는 바람으로 체감온도는 영하라고 느낄 정도이다. 여름이 지나가면서부터 마른 잎들이 떨어지기 시작한 은사시나무들은 이미 다 옷을 벗었고 칙칙한 갈색으로 변하기 시작한 플라타나스 잎들이 거리 여기저기를 휘돌아다닌다. 아침 산책을 나가다 보니 청소하는 아줌마들이 낙엽을 쓸어 여기저기 무더기 짓고 나무판자 같은 것으로 덮어두는데도 낙엽들은 바람을 따라 여기저기 날아다닌다.

계절의 변화는 언제나 차근차근 순서대로 다가오기보다는 어느 날 갑자기 급작스레 찾아오는 법이지만, 올 가을 칭다오의 날씨 변화는 참으로 급격하다. 지난달 중순에 한 차례 비가 오고 나서 섭씨 30도에 가까운 여름 날씨에서 20도 초반의 가을로 성큼 다가서더니, 11월 초에 큰 비가 한 번 쏟아진 이후에는 느닷없이 두터운 외투를 꺼내 입어야 하는 늦가을이 되어 버렸다. 이때는 북경에 폭설이 쏟아지고 기온이 급강하하여 도로가 얼어 버리는 통에 차량이 거북이걸음을 하는 장면과 함께 50년만의 기상이변이라는 뉴스가 연일 보도되기도 했다. 내가 살고 있는 칭다오뿐이 아니라 중국 전체가 비정상적인 계절 변화로 몸살을 앓고 있는 모양이다.

중앙정원에 가을이 물들다

그제 안개가 잔뜩 끼고 비가 제법 왔고 어제 오늘 이렇게 바람이 불어대니 이제 또 급작스레 겨울로 들어서는 것은 아닌지 모르겠다. 다시 날씨가 추워진다면 거의 열흘에서 보름을 간격으로 여름에서 가을을 거쳐 겨울로 들어서는 셈이니 여름과 겨울 사이에 존재하는 가을이라는 계절이 그 존재의 의미를 잃게 되는 듯하다.

계절의 변화가 이리 급해서 그런지 칭다오에서 예쁜 단풍은 구경하기가 어렵다. 8월이 지나면서부터 은사시나무나 백양나무 같은 속성수들의 잎이 말라 떨어지기 시작하더니 플라타너스는 언제나 그렇듯 커다란 잎이 말라 오그라들면서 낙엽이 지고 여타의 나무들도 색이 변하는 것과 잎이 마르는 것이 함께 진행되면서 바람에 날려 떨어져 버리는 형국이다. 연구실에서 바라다 보이는 나무들은 아름다운 가을 색은 보여주지도 않은 채 지난 보름 사이에 잎이 다 떨어지고 말았고 벚나무 계통 한 그루만 아직 푸른 잎을 달고 있지만 건물 위로 벋어나간 가지에서부터 낙엽이 지고 있다.

해양대학 어산 캠퍼스의 자랑인 중앙정원에도 푸르고 무성하던 나무들이 모두 옷을 벗어 버렸는데 그 어느 것도 가을의 아름다움을 선사하지 않는다. 나뭇잎의 색이 변하면서 끝부분부터 갈색으로 마르다가 바람에 날려 버리는 모습이 예쁘게 단풍이 들지는 않는 플라타너스가 잎이 지는 모습과 흡사하다. 이제 몇 종류의 나무들이 기운찬 여름의 푸른빛을 잃어가고 있고 설송이나 측백나무 같은 침엽수들만 겨울 준비를 하느라 서서히 짙은 초록빛으로 변해가고 있다. 여름 처음 해양대학에 와서 중앙정원의 눈부신 가을빛의 향연을 기대했던 나로서는 적지 않은 실망을 느낄 수밖에 없다.

어산 캠퍼스의 수종들이 단풍이 들지 않는 것들이어서 그런 것 아닌가 하는 기대감은 강의를 하기 위해 학교 버스를 타고 부산 캠퍼스로 이동하면서 여지없이 깨어지고 말았다. 중산공원의 우거진 나무들도 공원 앞에 늘어선 은행나무도 팔대관 주변의 수없이 많은 나무들 그 어느 것도 현란한 가을빛을 보여주지 않았다. 아니 부산 캠퍼스 뒤의 골기 강한 산에도 나무들은 제대로 된 가을빛을 보여주지 않는다. 칭다오의 나무들은 어느 곳에서나 가을을 맞으면서 푸른빛을 잃어가고 서서히 말라 바람에 날려 떨어질 뿐이다. 중산공원과 팔대관의 은행나무 길에서 노오란 풍광을 기대했던 나로서는 가을을 맞아 말라 시들어가는 나뭇잎을 바라보며 아쉬움을 느낄 수밖에 없다.

칭다오의 가을은 이렇게 안개와 바람과 맥없이 떨어지는 낙엽으로 이루어지는 모양이다. 아침 일찍 소어산으로 신호산으로 다녀보기는 하지만 아직 눈부신 가을빛을 보지 못했다. 아니 칭다오에 오래 살았다는 어느 한국인 아주머니의 말대로 칭다오는 제대로 된 단풍을 볼 수 없는 도시인지도 모르겠다. 노사(老舍)의 고거 앞 담장에 걸린 <오월의 칭다오[五月的靑島]>를 읽으며 노사가 자신의 글에서 하얀 꽃에 뒤덮인 오월 칭다오의 아름다움을 말하면서도 붉은 빛과 노란 빛으로 장식하는 가을의 칭다오를 전혀 언급하지 않은 것은 칭다오의 가을이 노사가 살던 그때에도 화려한 풍경을 연출하지 못했기 때문인가 하는 생각을 해보았다.

칭다오의 나무들이 아름다운 단풍을 보여주지 못하는 것은 날씨의 영향이 아닌가 하는 생각을 해 보았다. 기온이 떨어지면 나뭇잎은 더 이상 광합성 작용을 하지 못하게 되고 나무로서는 필요가 없어진 엽록소를 파괴하게 된다. 이 과정에서 나뭇잎에 엽록소가 줄어들어 노랑색 카로티노이드 성분들이 두드러져 보이거나, 잎에 남아 있는 당분들이 카로티노이드로 변화하여 붉은 빛을 띠게 되는데 이것이 단풍이다. 그런데 칭다오에는 여름을 지나면서 기온은 계속 높고 비는 거의 오지 않고 안개는 늘 끼어 있다. 그러니 기온이 높은 상태에서 수분이 부족하니 잎은 마르고 안개가 가을의 강한 햇살을 가려 나뭇잎의 색을 화려하게 변화시키는 색소의 생성을 방해하는 것 아닌가 싶다. 학교에서 배운 짧은 지식을 동원하여 나름 과학적 설명을 해보는 것은 바다의 푸른빛과 산의 붉은빛이 어울어지는 가을 칭다오의 멋진 풍경을 볼 수 없는데 대한 아쉬움의 한 표현이다.

'서리 맞은 가을 잎 봄꽃보다 더 붉다[霜葉紅於二月花]'는 어느 시인의 말처럼 가을은 맑은 하늘과 청량한 바람과 함께 우리의 눈을 놀라게 하는 화려한 단풍이 만들어내는 짧은 계절이다. 칭다오에 와서 맞는 가을은 늘 안개가 끼고 바람이 불고 나뭇잎들은 칙칙하게 낙엽을 떨구어 시에서와 같은 멋진 장면을 보지 못해 아쉽다. 그러나 날마다 조금씩 더 두터운 옷들을 입고 나와 아주 느리게 쿵푸를 하는 노인들 사이를 지나면서 계절의 변화를 느끼는 것으로 아침 산책의 한 즐거움을 삼고 있다. 또 안개 속에 상쾌한 새벽 공기를 맞으며 낙엽이 뒹굴고 썰렁해진 정원을 걷는 것도 그 나름의 멋이 있다.

국경절 연휴 유감

올해는 중화인민공화국 성립 60주년이라고 중국 전체가 요란하다. 중화인민공화국 건국기념일인 국경절이 10월 1일인데 올해는 그 날로부터 10월 8일까지 무려 8일간 휴무를 한다. 보통 국경절에 사흘 정도 쉬고 추석 명절에 하루를 쉬는 것이 모양인데 이번에는 올해는 국경절 연휴와 추석이 겹쳐서 나흘을 쉬고, 국경절 전주에 토요일과 일요일인 9월 26~27일을 근무하고 연휴가 끝나는 주 토요일인 10월 10일을 근무하는 날로 하여 8일간 긴 휴가를 즐길 수 있게 한 것이다. 근무하는 날짜를 조정하여 8일이라는 긴 시간을 휴무하는 중국의 발상이 재미있다.

국경절 연휴가 시작되기 전부터 내가 있는 칭다오의 어디를 가나 건국 60주년을 축하하는 붉은 빛 플래카드가 걸려 있고 도심의 건물 현관마다 붉은 천으로 둘러싸인 커다란 원형 축하등이 걸려 있다. 또 도시 여기저기에 국경절을 축하하는 붉은 기둥이 도열해 있고 광장마다 또 건물 앞의 작지 않은 꽃밭마다 국경절 축하 화환이나 장식이 드리워져 있다. '중화인민공화국 건국 60주년을 열렬히 경축합니다[熱烈慶

祝中華人民共和國成立60周年]', '나를 사랑하는 중국[愛我中國]', '조국은 당신을 사랑합니다[祖國愛您]', '휘황찬란한 조국 중국[輝煌中國]'등 각종 문구가 도시 어디를 가나 눈에 뜨인다. 또 택시들도 자발적으로 오성홍기를 달고 거리를 질주한다. 건국 60주년을 맞이하여 가히 애국주의의 물결이 도시 전체에 넘쳐흐른다.

국경절 연휴의 절정은 9월 30일 날 밤부터 시작되었다. 저녁을 먹고 아내와 숙소에서 쉬고 있는데 갑자기 대포 소리와 기관총 소리가 귀청을 찢는 듯하다. 국경절 전야제 폭죽놀이가 시작된 듯하여 밖으로 나가니 청도만(青島灣) 쪽 하늘이 불꽃으로 물이 들었다. 나뭇가지를 피해 자세히 보려고 대운동장 쪽으로 가서 한 이십분 남짓 시간동안 엄청나게 터뜨리는 폭죽을 구경할 수 있었다. 이것은 칭다오에서만의 일이 아니다. 중국 전역에서 국경절 전야를 축하하기 위하여 얼마나 많은 폭죽을 터뜨렸을까? 정월에 엄청난 폭죽을 소모하더니 이번 국경절도 그에 못지않게 폭죽을 터뜨리는 모양이다.

방송으로 본 북경 천안문 광장에서 열린 국경절 행사는 참으로 어마어마했다. 삼군에 대한 열병과 분열에 이어 각종 단체들이 국가 지도자들이 내려다보는 천안문 광장을 행진하는데 한 시간 반 정도의 시간이 걸렸다. 하늘에서는 비행기들이 열 지어 나르고 땅에서는 첨단 무기와 인공위성 같은 중국의 강성함과 위대함을 나타내는 장치들이 행진을 하고 길가에 서 있는 많은 사람들은 오성홍기를 휘두르며 중국 만세를 외친다. 텔레비전 중계로 이것을 바라보는 사람들에게도 중국에 대한, 공산당에 대한 사랑의 마음이 샘솟을 듯하다. 이러한 화려한 국가주의 행사는 작년에 올림픽 개막식과 폐막식에 이어 올해의 건국 60주년 기념식으로 이어진 것 같다.

국경절날 밤에는 텔레비전으로 천안문 광장에서 실시된 현란한 폭죽놀이가 방영되었지만 칭다오에서도 전야제보다 더한 폭죽이 발사되었다. 엄청난 규모의 불꽃잔치였다. 그리고 2일 밤에도 또 3일 밤에도 폭죽은 이어졌다. 참 엄청나게 쏘아대는 폭죽이다. 나흘간 이어진 폭죽이 나라의 경사를 축하하는 일이고 또 폭죽을 터뜨리는 일이 중국 사람들에게 있어 축하 행사의 중요한 한 장이기는 하다. 그렇다고는 하여도 전국에서 이러한 규모로 폭죽을 터뜨리는 것은 순간 하늘을 장식하고 사라지는 불꽃처럼 순식간에 사라져버리는 엄청난 낭비는 아닌가 하는 생각이 들기도 한다.

중국 사람들은 참 폭죽을 좋아한다. 결혼식을 하는 식당이나 호텔 앞을 멋모르고 지나다가 요란한 폭죽소리에 기절초풍한 것이 여러 번이다. 대체로 결혼식을 할 때 신랑신부가 리무진을 타고 결혼식장에 도착하는 시간에 맞추어 폭죽을 터뜨린다. 땅바닥을 쓸고 다니며 기관총 소리를 내는 폭죽과 하늘을 향해 쏘면 엄청난 폭음과 함께 종이꽃을 날리는 폭죽을 여러 방 쏜다. 결혼식이 열리는 식당이나 호텔 앞은 순간적으로 매캐한 포연 냄새와 종이꽃으로 뒤덮이고 만다. 그리고 조금 경제적 여유가 있는 사람들은 폭죽을 쏘기 전에 사자춤판을 벌이고 땅놀이를 한참 하고 해서 분위기를 고조시킨 다음 신랑신부가 입장하는 시간에 맞추어 폭죽을 터뜨린다.

중국 사람들은 폭죽의 요란한 소리에 나쁜 신들은 놀라 도망가고 착한 신들은 놀라 제자리에 있다가 사람들을 따라 들어오기 때문에 복이 든다고 믿는다. 그들에게 있어 복이란 재물이다. 중국의 일반인들이 흔히 모시는 신에는 복(福), 록(祿), 수(壽) 세 신이 있다. 중국 식당이나 가게에 가면 대머리에 배불뚝이인 인물상과 아름다운 수염에 멋진 관을 쓴 신사상과 허연 머리와 수염을 가진 노인상을 볼 수 있는데 이들이 각각 복신과 록신과 수신이다. 복신은 곧 재신인데 이 신이 모셔서

37

돈을 많이 벌고, 록신이 도와 벼슬에 오르고, 수신이 도와 오래 살게 되리라는 중국 서민들의 평범한 꿈을 보여준다.

중국 사람들의 재신에 대한 신앙(?)은 매우 깊다. 복, 록, 수 세 신 중에서 복신을 최고로 친다. 올 9월 10일이 재신의 날이라는데 온 칭다오 전체가 폭죽소리로 요란했다. 이것 역시 잡신들은 물러가고 재신만 찾아 들라는 주술이란다. 문간마다 붉은 종이에 금빛으로 '복(福)'을 쓴 것을 거꾸로 걸어두어서 복이 쏟아져 들어오라는 것도 다 같은 발상이다. 또 중국의 대부분 건물 앞에는 입에 구슬을 문 해태를 닮은 동물상이 양편에 서 있는데 이것은 지치라는 상상의 동물로 재물을 먹는데 먹기만 하고 싸지는 않는단다. 해서 항문이 없는 동물이라는 이놈과 같이 돈이 들어오고 나가지 않기를 바라는 즉 부자가 되고픈 마음을 표현한 동물 지치를 문 앞에 세우는 것이다. 이러니 중국 사람들이 재신을 부를 때 요란한 폭죽을 터뜨리고 결혼식이나 개업식에서 폭죽을 터뜨리는 것이나 나라의 커다란 행사에 폭죽을 터뜨리는 것이나 같은 심리적 기저에서 나온 것임을 알겠다.

그러나 그보다 도시를 도배한 듯한 건국 60주년 축하 플래카드와 축하등과 축하를 위한 많은 장치들 그리고 국경절 당일 날 행한 것들은 화려한 행사와 엄청난 폭죽은 14억 중국 사람들에게 애국주의적 열정을 심어주기 위한 노력의 결과라 생각된다. 작년 올림픽 때 중국에서는 전세계를 상대로 중국 문화의 유구함과 위대함을 과시하였고, 국민들에게는 조국에 대한 자긍심과 애국심을 심어 주었다. 이어서 작년에 국민 사이에 일어난 애국주의에 다시 한 번 불을 붙이고자 하는 의도가 이번 국경절 행사로 이어진 것이다. 이러한 국가적인 의도를 잘 나타내는 구호가 '나를 사랑하는 조국[愛我祖國]'이나 '조국은 당신을 사랑합니다[祖國愛您]'와 같은 것들이다. 국가와 개인의 관계를 사랑과

충성으로 연결하려는 이러한 구호는 국민국가를 유지하기 위하여 반드시 필요한 구절들이다. 어떤 면에서 더 없이 넓은 영토와 수 없이 많은 국민들 그리고 다양한 민족을 통합하여야 하는 국가인 중국에서 애국주의의 열풍을 일으키려는 것은 국가를 원만히 통치하기 위해서는 반드시 필요한 장치일 수 있다. 이러한 애국주의가 중국 국민을 하나로 묶을 수 있는 동력이 될 수 있기 때문이다.

그러나 중국에 와서 달포 정도 있으면서 어디를 가나 펄럭이는 오성홍기와 각종 구호들, 텔레비전에서 쏟아져 나오는 애국주의적인 구호와 국경절 홍보 프로그램들을 보면서 중국에 몰아치는 애국주의가 민중들에 의해 자발적으로 발현된 것이기보다는 국가와 매스컴에 의해 만들어지는 것이라는 느낌을 지울 수 없다. 해서 거대 중국에 불고 있는 이러한 애국주의의 열풍이 불안하게 느껴지는 것은 비단 나만의 기우는 아닐 것이라 생각해 본다.

칭다오에서의 원단 해맞이

아침 여섯시가 조금 넘어 일어나 이것저것 몇 가지 정리를 한 후, 잠이 안 깬 아내를 깨워 원단 해맞이를 나섰다. 잔교로 가느냐 청도산으로 가느냐 생각이 많았지만 잔교로 가면 건물 사이에서 해가 뜨는 풍경을 보게 될 것 같아 청도산으로 오르기로 하였다. 숙소를 나서니 다행히 날씨도 심하게 춥지 않고 바람도 별로 없고 안개도 옅게 밖에 끼지 않아 해맞이에는 큰 무리가 없을 듯하다.

4교문을 지나 홍도지로(紅島支路)를 건너 청도산 공원 후문을 들어서는데 어둠이 걷히기 시작한다. 산책로를 따라 산을 빙 돌아서 북포대를 거쳐 정상의 작은 정자를 지나 며칠 전 우리가 보아둔 장소까지 가면 일출을 놓칠지도 모른다는 생각에 입구에 들어서자 곧장 앞으로 나있는 계단을 따라 오르고 산책로를 건너 또 계단을 따라 올라가니 전망탑이 나온다. 아직은 해가 떠오르지 않아서 포대를 지나 광장을 건너 계단을 따라 올라가니 정상 아래 긴 회랑이 나오고 그것을 지나 보아둔 장소에 이르니 태평산 쪽에서 안개 사이로 태양이 서서히 드러나기 시작한다.

40

아침마다 짙은 안개가 끼는 칭다오에서 산에 올라 뜨는 해를 보기는 난망하다 생각했는데 원단 아침 일출을 볼 수 있다는 것이 그나마 다행이다. 붉은 빛 짙은 해무 사이로 손톱 같은 작은 해가 머리를 내밀더니 점차 마알간 둥근 빛의 점으로 드러나 안개를 뚫고 솟아 오른다. 청명한 날씨는 아니어서 산이나 바다에서 솟지 않고 안개를 뚫고 나오는 모습이 아쉽기는 하지만 서서히 빛을 발하며 밝아오는 것이 맑은 날 떠오르는 태양보다 더 시간도 오래 걸리는 듯하다.

안개 속에서 작은 전구처럼 빛을 발하다가 점차 반원으로 자라 둥근 원으로 자신의 모습을 완전히 드러내고는 서서히 밝아오는 모습이 신비롭기만 하다. 연신 셔터를 눌러대는 내 옆에서 아내는 새해 처음 떠오르는 해를 바라보며 무언가 열심히 빌고 있다. 무엇을 저렇게 열심히 빌고 있는 것일까? 나도 잠시 올 한 해 건강하고 평안해지기를 하고 멋없이 중얼거리고는 또 다시 여러 각도에서 사진을 찍어 대었다. 결국 남는 것은 분명하지 않은 기억과 이 느낌과 감상을 제대로 살리지 못하는 사진뿐인 것을.

해가 완연히 제 모습을 드러낸 후에 좁은 숲길을 벗어나 산책로를 따라 북포대로 향했다. 산책로 여기저기에 만들어진 작은 공간마다 사람들이 모여 해를 바라보며 심호흡을 하고 가볍게 몸을 흔들고 쿵푸를 하기도 한다. 북포대 근처에 이르니 사람들이 꽤 많이 모여 있다. 안개도 많이 끼지 않고 날도 심하게 춥지 않으니 다른 날보다 많은 사람들이 아침 운동을 나온 모양이다. 아내와 함께 포대 옆에 있는 작은 정자로 가서 다시 한 번 떠오르는 해를 바라보고 사진도 몇 장 더 찍었다.

정자 옆으로 사람들이 가져온 새장들이 늘어서 있다. 벤치에 놓여 있는 것, 나뭇가지에 걸어 둔 것, 주인이 들고 새를 까불리고 있는 것 등. 주인을 따라 나온 조롱 속의 새들은 아침 공기를 맞으며 날개를 파

닥이면서 지저귄다. 아마 새 주인들이 새들에게 아침 공기를 쐬어주고 약간의 운동을 시키기 위해 조롱을 들고 나온 모양이다. 한 쪽 약간 너른 공간에서는 개를 데리고 나온 주인들이 개를 훈련시키느라 여념이 없다. 아내는 해를 보고 난 뒤 귀여운 새들과 개들을 보며 재미있어 한다.

태평산 너머 안개 사이로 밝아오는 새해

중국 사람들은 원단의 해맞이를 그리 중시하지는 않나 보다. 해맞이를 할 만한 몇 군데를 지나 왔지만 우리처럼 해맞이를 하러 온 사람들은 거의 없다. 우리가 기도하고 사진을 찍은 작은 공터에서 중국사람 한 명이 사진을 찍고 가기는 하였지만, 해 뜨는 모습을 사진에 담아갈 뿐 해를 오랫동안 바라보고 있지는 않았다. 그 외의 장소에서는 여느 날이나 마찬가지로 쿵푸를 하고 강아지를 끌고 와 산책을 하고 애완용 새들에게 맑은 공기를 쐬어 주기만 할 뿐이다. 어느 날이나 마찬가지의 풍경. 어젯밤 그렇게 엄청나게 폭죽을 터뜨려 잠들지 못하게 하더니만 새해 아침 떠오르는 해를 보며 무언가를 다짐하고 빌러 오는 사람은 없는 것이 신기하다. 그러고 보면 해가 바뀔 때마다 백만이 넘는 사람들이 원단 해맞이 하러 가는 유난스런 정경은 한국에만 있는 것인가 보다.

한국 사람과 마찬가지로 중국 사람들에게도 기복신앙은 깊이 뿌리 내리고 있다. 그들이 문 앞이나 방에 붉은 바탕에 금빛으로 쓴 '복(福)'자를 거꾸로 걸어두어 복이 쏟아지기를 바라는 것이 그 좋은 예이다. 또 많은 중국 사람들은 집안이나 자기네 사당에 돈 많이 벌어 행복해지게 해주는 배불뚝이 복(福)신과 근엄한 관리 모습의 록(祿)신과 수백 살은 된 듯한 노인 수(壽)신 등 삼신을 모셔두는 것이 그 좋은 예이다. 또 복신과 음이 같은 박쥐[蝠]와 록신과 음이 같은 사슴[鹿], 그리고 수명이 긴 동물로 알려진 거북[龜] 등을 문양화하여 집안 여기저기 장식하는 것들도 다 마찬가지 마음이다. 이러한 삼신은 신상의 형태로 한국에 들어오지는 않았지만 그 문양들이 가구나 그림으로 집안 여기저기에 장식하게 된 것은 중국문화의 영향이다.

이런 기복신앙을 가진 중국인들이 새해 아침에 떠오르는 해를 향해 지난해의 액을 털어버리고 새로 맞는 한 해에 운과 복이 함께 하기를 기원하지 않는 것은 이해하기 어려웠다. 남이 보지 않는 자신의 공간에서만 그런 행위를 해야 한다는 것이 중국인들이 가진 믿음의 형태인가. 청도산 공원을 벗어나 숙소로 돌아오는 내내 지리적으로 가까우면서도 멀게만 느껴지는 중국인들, 비슷하면서도 상당 부분 다른 한국과 중국의 문화에 대해 이런저런 생각을 하게 되었다.

II

중국해양대학의 숨겨진 이야기

어산 캠퍼스에서의 작은 행복

내가 한 학기 있어야 할 중국해양대학 어산 캠퍼스는 유서 깊은 곳이다. 교오(膠澳)라는 교주만 끝에 있는 작은 어촌이었던 이곳은 19세기 말 열강의 중국 침략에 따라 독일이 99년간의 조차지로 삼음으로써 현대 도시의 면모를 갖추게 되었다. 독일인들이 칭다오에 들어와 1900년에 영사관을 짓고 이후 십여 년간 꾸준히 개발하여 도시의 모양을 갖추게 되는데 그들이 세운 육군 병영이 중국해양대학의 바탕이 된 것이다. 1914년 일차대전 당시 대련에 진주해 있던 일본군은 바다 건너에 있는 전략적 요충지인 칭다오를 강점하였고, 독일군 병영을 자신들의 병영으로 사용하고 그 옆에 자녀들이 다닐 중학교를 세운다. 독일군이 지은 육군 병영과 일본인이 지은 중학교 건물이 현 중국해양대학 어산 캠퍼스의 중심을 이룬다.

강유위 등 당대 지식인들이 칭다오 반환운동의 결과 1922년 말 일본군이 철수하자 칭다오는 북양 군벌의 직속으로 있다가 1929년 남경 정부의 관할로 넘어가면서 칭다오는 새로운 발전을 하게 되는데 독일 병영과 일본인 중학교 건물을 합쳐 사립청도대학, 국립청도대학을 거쳐 산동대학으로 바뀌면서 1938년 초 일본군이 칭다오를 재점령할 때까지 지금의 중국해양대학 어산 캠퍼스는 교육의 장으로서의 역할을 톡톡히 하게 된다. 이 시기 노사, 문일다, 심종문, 홍심 등 당대 최고의 지식인이자 문인들이 산동대학에서 학생들을 가르치면서 칭다오를 중국문학사의 중요한 한 장으로 만들어 갔다. 특히 노사가 중국소설사의 대표적인 소설로 평가되는 <낙타상자>를 중국해양대학 북문 건너 황현로 12번지에서 쓴 것은 칭다오의 자랑거리이기도 하다.

한 학기 동안 지낸 연구실이 있던 승리루

　남경정부가 칭다오를 지배할 때 칭다오에 몇 개의 역사적 건물을 건축하는데 그 대표적인 건물이 천주교당과 인민음악당 등의 건물이다. 칭다오의 전략적 중요성과 역사적 의미를 생각하여 남경 정부에서도 칭다오의 발전을 위하여 많은 공을 들인 모양이다. 1938년 일본이 칭다오를 재점령한 이후 산동대학에 근무하던 많은 지식인들은 칭다오를 떠나고 칭다오는 암흑기로 들어선다. 1945년 일본군이 떠나간 뒤 어산 캠퍼스에는 청도해양대학이라는 새로운 학교가 들어서는데 이것이 현재 중국해양대학의 모태가 되었다. 그러니 이 어산 캠퍼스는 중국해양대학과 함께 제남과 위해에 있는 산동대학 등 산동성을 대표하는 대학의 뿌리가 되는 자리라는 명예를 차지하고 있기도 하다.

100년이 넘는 역사를 가지고 있기도 하지만 독일 총독관저가 있는 신호산과 바다 옆에 있는 아름다운 소어산 사이에 자리한 어산 캠퍼스는 칭다오 관광의 중심이기도 하다. 신호산과 소어산이라는 두 명소가 학교에서 바라다 보이는 것은 물론이고, 칭다오 관광의 핵심인 잔교, 소청도, 천주교당, 기독교당, 노신공원, 노사공원, 신호산공원, 소어산 공원, 팔대관, 강유위 고거, 총독부 건물, 칭다오맥주박물관, 해양박물관, 칭다오시립미술관, 인민음악당 등 20세기 초에 만들어진 칭다오의 진면모는 어산 캠퍼스에서 걸어가면 30분 이내에 닿는다. 숙소에서 나서서 몇 시간만 걸으면 칭다오 관광이 끝날 수 있는 것이다. 물론 도교의 성지인 노산은 버스를 타고 한 시간 이상 나가야 하지만.

어산 캠퍼스 자체가 역사적 유물에 해당해서 많은 건물에 역사적 유래가 적힌 안내석이 붙어 있다. 내 연구실이 있는 승리루와 옆에 자리한 육이루는 1921년 일본인이 지은 중학교 건물이고, 후문 쪽의 해양관과 수산관 등은 1906년 독일육군병영으로 지은 건물이다. 어산 캠퍼스에 자리한 건물들 자체가 이미 역사가 백년이 넘어 역사적 의미와 관광지로서의 면모를 갖추고 있다. 더욱이 독일인들이 육군 병영 사이에 조성한 정원은 100년이 넘은 플라타너스 사이에 예쁘게 산책로를 낸 아름다운 곳으로 아침이면 주변 사람들이 찾아와 쿵푸를 하고 산책도 하는 칭다오의 명소이기도 하다. 아침이면 한 시간 남짓 칭다오의 명소들을 찾아보는 즐거움이 칭다오에 있는 동안의 가장 큰 행복이 될 것 같다.

연구실에서 한가로이

반 학기 동안 사용할 해양대학 어산교구 승리루 223호실은 남쪽으로 창이 나 있다. E자 모양의 삼층 서향 건물의 뒤쪽에 벋어 있는 2층 건물의 이층이고 앞이 복산(福山)으로 막혀 있기도 하지만 방 앞에 1층짜리 작은 부속건물이 있어서 더욱 꽉 막힌 꼴이다. 연구실 앞에는 건물 사이로 사방 십 미터가 조금 넘는 아주 작은 공터가 있다. 이 공터에는 내 방 창의 좌우로 커다란 나무가 두 그루 서 있고, 바닥으로는 풀이 우거져 자연스러운 소정원 같은 느낌이 든다. 노신이 북경에서 살 때 자신의 서재에 대해 쓴 글에 작은 창 밖 작은 정원에 복숭아나문가 대추나문가가 두 그루가 서 있다는 글을 쓴 바 있는데, 북경의 노신고거에서 본 마당보다는 훨씬 넓고 나무도 꽤 우람하다.

이 작은 정원이 사람이 전혀 드나들지 않는 작은 공간이다 보니 새들의 낙원이다. 옆 방의 연구원 연구실은 창 밖 왼쪽으로 산이 이어지는데 창에 벌레 잡으러 온 도마뱀이 붙어 있어 놀란 적이 있다고 할 정도로 꽤나 으슥하다. 내가 한 번 마음을 먹고 정원에 나가보겠다고 하니 연구원 이성주 군이 뱀이 보이더라며 나가지 말라며 펄쩍 뛴다. 하긴 산으로 이어진 가꾸지 않은 정원에 풀이 우거져 있으니 뱀이 터를 잡았을 만하다. 날이 추워지고 잎이 이울어지면 한 번 용심을 내어 창 밖 정원에서 내 연구실을 한 번 올려다보고 그 계절에도 찾아오는 새들을 가까이서 보고 싶다.

연구실 앞의 작은 정원에 새가 날아 들고

인터넷도 안 되고 전화할 곳도 올 곳도 별로 없는 나로서는 연구실에 앉아 책을 읽는 일이 하루 일과의 전부이다. 주로 오전에 일기 쓰고 이 것저것 원고를 두드리고 오후에는 김학철 문집을 읽는 일과가 한 열흘 지속되니 세사에서 벗어나 한가롭게 책을 읽을 수 있는 현재의 상황이 너무나 좋다. 조선시대에 관직에 있는 선비들에게 일 년 정도의 휴가를 주어 책을 읽게 하던 사가독서제가 시행되었다는데 바쁜 일상에 쫓기다가 아무 근심 없이 책만 읽는 일은 참 행복이다. 연전에 연구년 기간동안 서울에서 지내며 일상적인 일에 거의 모든 시간을 보낸 것과는 많이도 다르고 유익하다는 느낌이다.

칭다오에 온 이후 하루에 한 번 정도는 연구원 방에 들러 인터넷을 하게 된다. 학교와 연구소 홈페이지 들러 보고, 이메일을 확인하고, 필요한 메일 보내고, 답장을 하고, 한국 포털 사이트에 들어가 뉴스를 검색한다. 대충 30분 이내에 인터넷 사용은 끝이 나는 바, 내 연구실에 인터넷이 연결되어 있지 않다는 것이 큰 불편함은 아니다. 인터넷이 연결되어 있으면 더 많은 시간 이것저것 뒤지고 다니면서 지루하지 않은 시간을 보내기는 하겠지만 말이다. 한 열흘 인터넷 사용이 불편한 생활을 하다 보니 인류의 역사상 최고의 발명품 중 하나라는 인터넷이 상당한 편리함을 주기는 하지만 사람 사는 데 없어서는 안 되는 불요불급한 것은 아니라는 생각을 하게 된다.

연구실에 혼자 앉아 책을 읽다가 허리도 쉴 겸 찻잔을 들고 창밖을 내다보면 이름 모를 새들이 이리 날고 저리 날며 쉼 없이 지저귀는 모습이 어느 잘 다듬어진 정원 못지않은 모습으로 세사를 잊게 한다. 크고 작은 새들이 나무 두 그루를 두고 서로 자리다툼 없이 자유롭게 가지 사이를 날아다니고 제멋대로 앉아 지저귀는 모습이 참으로 여유롭다. 또 서쪽 3층 건물이 해를 가리기 전인 두어 시까지는 햇살이 나뭇잎을 간질이고 바람 불 때마다 햇살이 부서지는 느낌이 좋고 그 사이를 날아다니며 지저귀는 새들의 모습이 더욱 귀엽다. 향기 짙은 차 한잔을 마시며 이런 여유로움을 느낄 수 있는 시간이 행복할 따름이다.

그러다 보니 찻잔을 들면 으레 창가에 서서 나뭇잎의 살랑거림과 새들의 날갯짓을 바라보며 새들의 지저귐을 들으며 차향을 즐기게 마련이다. 이런 한가한 멋스러움은 인터넷이 절대로 제공할 수 없는 일 아니냐는 생각을 하면서.

깔끔한 연구실 밖의 아름다운 작은 정원

신입생 군사 훈련을 보고

　아침에 산책을 하러 나가보니 대운동장 입구에 9월 16일부터 26일까지는 해양대학 어산교구에 입학한 신입생들의 군사훈련이 있어서 학생들과 일반인의 운동장 사용을 금한다는 팻말이 붙어 있다. 대학에 들어오자마자 학문을 배우기 전에 군사 훈련을 받는 모양으로 운동장 둘레에 붉은 천에 흰 글씨로 군사 훈련을 찬양하는 각종 구호들이 둘러쳐져 있다. 해서 낮에 운동장 쪽으로 나가보니 올 9월에 새로 입학한 학생들 한 800명 정도가 교련복 같은 옷들을 입고 제식훈련이 한창이다. 100명 남짓한 학생을 한 단위로 해서 여학생들은 앞에 남학생들은 뒤에 10열 종대로 서서 팔을 좌우로 발을 30도로 드는 행군 보행을 배운다. 그래도 예전에는 4주간 주로 제식훈련 중심으로 군사 훈련을 받고 사격도 한 것에 비하면 지금은 2주간 제식훈련으로 군사 훈련을 운영하니 편한 거란다.

　아침 잠결에 들으니 여섯시도 안 된 시간에 학생들은 열을 맞추어 기숙사에서 운동장으로 군가를 부르며 행진을 한다. 오전 내내 제식

훈련을 받다가 초가을 햇볕에 바알갛게 익은 아이들이 점심식사를 하러 학생식당에 들어올 때면 마음이 짠하다. 그 나이 아이들이야 즐거운 생활이겠지만 자유를 논하고 학문을 말해야 될 시간에 정신무장, 나라사랑을 내세우는 군사 훈련을 받는다는 것이 안쓰럽고, 내가 학교 다닐 때 교련을 받던 생각이 나서 더욱 그렇다. 저녁 늦은 시간에 깜깜한 운동장 관중석에 모여 앉아 악을 쓰며 군가를 부르는 것을 보며 어디나 군사 훈련은 마찬가지라는 생각을 해 보았다.

독일군의 연병장이었던 대운동장이 군사훈련에 쓰인다

한국과 달리 중국의 인민해방군은 징병제가 아닌 자원제로 운영된다. 그러니까 대부분의 국민들은 학교에 다닐 때 받는 간단한 군사 훈련이

평생 받는 군사 훈련의 전부이다. 고중에 들어와 일주일간 간단한 군사 훈련을 받고 대학에 들어와 군사 훈련을 함으로써 기본적인 군사 훈련을 전국민에게 부과하는 것이리라. 신입생들이 군사 훈련을 받는 것을 보면서 함께 있는 연구원들에게 물어보니 대학에서 받는 군사 훈련에 대해 큰 거부감이 없다. 이성주 군은 아버지가 군관이니 그렇다 하더라도 조춘호 군도 대학 신입생 때 받은 4주간의 군사 훈련을 즐거운 기억으로 회상한다.

군인이라는 존재가 나라를 지키기 위하여 반드시 필요한 것이지만 군인적인 획일적 사고는 자유스러운 학문을 추구하는 대학과는 상당히 이질적인 것이어서 그에 대해 거부감을 갖는다는 것은 일견 당연하지 않는가. 한국의 대학생들이 장기간 교련을 거부하는 데모를 벌인 결과 교련이라는 과목이 없어진 것을 생각하면, 중국 학생들이 전체에게 부과되는 군사 훈련에 커다란 거부감이 없고 오히려 즐거운 기억으로 갖고 있다는 것이 조금은 신기하게 느껴졌다. 이것은 한국의 경우 남자라면 누구나 군복무를 해야 하는 징병제의 결과 군에 대한 좋지 않은 인식을 가지고 있고, 또 30년에 가까운 군부독재가 한국인들의 의식 속에 군에 대한 거부감을 갖게 한 것이 아닐까 하는 생각을 해보게 된다.

왜 세계에서 가장 많은 군인을 보유한 중국에서 왜 전 국민을 상대로 군사 훈련을 시키려 하고 특히 대학에 재학하는 학생들에게 군사 훈련을 강요하는 것일까. 다른 교과목과 달리 학생들 스스로의 학문적 필요에 의해 부과되지 않고 강제적으로 군사 훈련을 수강하게 하는 것일까. 이에 대한 대답은 명백하다. 중국에서 고중이나 대학 신입생들에게 교육하는 군사 훈련의 내용은 주로 제식훈련인 바, 제식훈련의 주된 목적은 명령에 따라 행동하게 하는 만드는 데 있다. 개인의 절도 있는 걸음

걸이와 단체의 단결력을 그 목표로 내세우기도 하지만 명령을 내리면 그에 따르게 하는 것이 제식 훈련의 목적이 아닌가. 훈련소 교육의 초기 절반이 제식 훈련이고 후기 절반이 전투력을 향상시키기 위한 교육인 것도 명령에 복종하는 군인을 만들기 위한 과정이 아니겠는가.

이런 점에서 군사 훈련은 대학의 자유로운 학문이라는 이념과 참으로 맞지 않는 교육과정이다. 국가가 있어야 국민도 있는 것이라는 민족주의적 국가관에 따르면 학문의 자유가 일정 정도 제한될 수 있겠지만 그것이 국사나 윤리 같은 정신 교육이면 몰라도 군사 훈련의 형태로 나타나는 것은 적절하지 않다는 생각을 지울 수 없다. 더욱이 신입생들의 군사 훈련을 보면서 대학에 입학한 학생들이 교실에 들어가기도 전에 집체교육을 통해 개인보다는 집단을, 자유로운 사유보다는 전체적이고 명령 복종을 중시하는 교육을 시키는 것 같아 더욱 안타깝다.

중국의 인민해방군은 중국 국민들에게 많은 믿음을 주고 있기는 한 모양이다. 넓은 중국 영토 여기저기서 엄청난 자연재해들이 발생할 때마다 인민해방군의 헌신적인 노력이 없으면 그 해결이 불가능한 정도인 모양이다. 대홍수가 나거나 지진이 발생했을 때 국민들을 구조하기 위하여 인민해방군들이 투입되는데 인명을 구하는 과정에서 수없이 많은 인민해방군들의 목숨이 희생되곤 한단다. 이러한 인민해방군들의 희생이 군인에 대한 인식을 좋게 만들어 군사 훈련을 받는 것에 대해 큰 모순을 느끼지 않는다는 것이 두 연구원의 일치된 이야기이다.

사실이 그렇다 하더라도 그것이 전 대학 신입생들에게 2주간 군사 훈련을 시키는 논리적인 이유가 되지는 못한다. 실제로 해양대학 신입생을 상대로 진행되는 제식훈련을 보면 해군 군관(칭다오에는 해군 부대가 많으니까)들이 학생들을 지휘하고 있다. 그들의 지휘와 명령에 따라 학생들은 일사불란하게 움직인다. 날이 지나면서 그 일사불란함은 보다 철저해진다. 이런 교육과정은 명령에 따르는 대학생을 만드는 모습이고 군인의 명령에 복종하는 민간인을 만드는 과정처럼 보이는 것은 군부독재를 경험하고 군대에서 삼년을 의무 복무한 한국 지식인의 편협된 현실인식인가?

운동장에서 백여 미터 떨어진, 그 사이에 숲이 우거져 있고 창의 방향도 반대 방향으로 나 있는 내 연구실에도 산에서 반향된 학생들의 구령소리가 들려온다. 국가의 명령에 충실한 인재를 생산하려는 교육정책이, 그리고 이미 사라진 한국의 교련의 즐겁지 않은 기억들이 떠올라 씁쓸하다.

어산 캠퍼스의 슬픈 역사

아침에 학교 구내를 돌아다니다 보면 자연스레 학교 안에 있는 오래된 건물을 자세히 살피게 된다. 어산 캠퍼스에는 역사문물에 해당하는 오래 된 건물이 여러 동 있다. 어산로(魚山路)에 있는 정문으로 들어오면 마주 보이는 이전 대학 본관 건물은 육이루로 1921년 일본이 일본인 중학교로 지은 두 건물 중 하나이다. 건물 왼쪽으로 긴 삼층 건물의 벽을 따라오면 육이루보다는 조금 작은 규모로 거의 유사한 외양을 가진 건물이 보인다. 역시 1921년 일본인들이 중학교 건물로 지은 건물인데 승리루라 부른다. 내 연구실이 이 건물 223호실에 있다.

이 두 건물은 칭다오가 인민해방군에 의해 해방된 1949년 6월 2일의 승리를 기념하기 위해 건물 이름을 그렇게 바꾸었다는데 중화인민공화국 수립에 대한 중국인들의 자존감이 느껴지는 건물 명칭이다. 이 중 육이루는 이전 대학본부 건물로 대학의 중심이 노산 캠퍼스로 옮겨간 지금도 총장과 학교 영도들의 집무실이 있고 외국 귀빈이 오면 여기서 접대를 하고, 승리루 1층에는 대회의실이 있어 가끔씩 대학의 중요한

60

회의를 하기도 하여 대학의 중요 건물로 지속적으로 활용되고 있다. 이렇듯 이 두 건물은 대학의 중심이 노산 캠퍼스로 이전해 간 지금도 대학의 상징적 공간으로 의미를 지닌다.

대학본부가 된 해방일을 기념하는 승리루

승리루 측면은 긴 보루와 같은 느낌을 준다

　후문을 향해 계속 걷다 보면 대운동장이 나오고 대운동장과 나란히 오래되어 보이는 매우 큰 규모의 석조 건물이 보이는데 이 건물이 독일군이 칭다오를 점령한 후 1906년 두 번째 육군 병영으로 지은 건물로 현재는 중국해양대학 해양관과 지질관으로 사용하고 있다. 이 건물 뒤에 꾸며진 예쁜 정원은 이곳에 독일 병영이 만들어질 때 조성된 정원으로 100년 넘은 플라타나스가 길을 따라 늘어선 모습이 장관이다.
　지질관 옆으로 정원에 들어서면 오른편에 오래 되어 보이는 석조건물이 두 동 나타난다. 이 두 건물들은 이곳을 국립산동대학으로 사용하던 1937년 경에 화학관과 과학관으로 지어진 건물이다. 오른쪽의 화학관에는 정초석에 민국 26년 3월이라 표시되어 있어 건축한 해를 알게 해주는데, 정초석을 세운 사람의 이름은 지워져 있다. 아마 국민당 실세로 대만 정부의 요직을 지낸 사람의 이름이 적혀 있었던 모양이다. 옆의 건물에는 현관 위 과학관이라 돌로 새겨 두었으나 정초석이 없어 정확히 언제 지은 것인지는 알 수 없다. 다만 건물 양식으로 보아 화학관과 비슷한 시기 즉 민국 시기에 지어진 것 같다. 이 두 건물은 현재 중국해양대학 해양생명학원이 사용하고 있다.

길을 따라 약간 언덕을 오르면 역시 독일 병영으로 지어진 건물이 나타난다. 1903년에 앞의 해양관보다 먼저 1차로 지어진 병영으로 현재는 수산관으로 불린다. 이 건물 끝에서 좌회전하여 정원 사이로 난 길을 따라 내려오면 종합운동장이 나타난다. 이 운동장은 원래 독일 병영에 있던 육군들의 연병장으로 조성된 것인데, 서북 방향으로 신호산 중턱에 독일 총독의 관저로 사용되었던 엄청난 규모의 영빈관 건물이 손에 잡힐 듯 보인다. 독일 총독이 창밖을 내다보면 육군 병영이 보이고 수시로 훈련하는 모습을 바라볼 수 있도록 배려한 모양이다. 하긴 총독 관저에서는 잔교도 보이고 예전 해군부대 자리도 보이니 관저로서는 최적의 장소라 아니할 수 없을 듯하다. 운동장 밖 한 켠에 1936년 베를린 올림픽 중국 대표단이 훈련한 장소라는 기념석이 박혀 있다.

이제 중국해양대학 어산 캠퍼스는 다 둘러보았다. 숲으로 둘러싸인 이 학교를 다 돌아보는 데는 30~40분 정도면 충분하니 아침 산책하기에는 그만이다. 하지만 칭다오의 역사를 조금씩 알아가면서 이 어산 캠퍼스는 칭다오의 슬픈 역사를 그대로 담고 있는 역사의 현장임을 알게 되었다. 어산 캠퍼스의 주축을 이루는 것은 독일이 지은 두 개의 건물, 일본이 일차 칭다오 점령 때 지은 두 건물, 중국 정부가 민국 시절에 지은 두 건물 그리고 독일인이 조성한 대운동장이다. 이외에 기숙사 여러 동과 도서관, 국제교류센터, 민행루 등과 기타 약간의 부속건물은 해방 이후 지은 것이다. 자, 이것만으로도 어느 정도 칭다오와 어산 캠퍼스의 슬픈 역사가 보이지 않는가.

민국정부 때 지은 과학관 초석은 지워져 있고

청나라 정부가 이곳 교오 지방의 전략적 중요성을 인식한 것은 19세기 말이다. 독일인들이 산동 지역 특히 교오 지역의 전략적 중요성을 인식하고 측량을 하기 시작한다. 청나라 정부는 1886년 경 이 지역에 포대를 구축하였고, 1891년 이홍장이 이 지역을 몇 번 들러 전략적 요충임을 인식하고 이 지역에 방어 기지를 구축해 군사를 주둔시키며 잔교를 설치하는 등 본격적인 개발을 시작했다. 1896년 독일 정부는 칭다오 지역에 식민지를 구축할 것을 결정하고, 같은 해 칭다오 지역에 대한 50년간의 조차를 청나라 정부에 요구하였으나 거절당한다. 이에 독일은 1897년 11월 칭다오를 무력으로 강점하고 이듬해 3월 청나라 정부를 압박하여 99년간의 조차를 허용하는 조약을 맺기에 이른다. 이후 독일은 칭다오 지역을 군사 기지로 개발하기에 박차를 가해 병영을 짓고 철도를 부설하고 도시의 기반을 마련하였다. 현재의 구 칭다오의 기본 모습은 이 시기에 만들어졌다 해도 과언이 아니다.

1914년 이차대전이 발발하자 여순에 군항을 가지고 있던 일본군은 잽싸게 칭다오 지역을 점령하고 독일인이 지은 근대적인 도시 기반을 확장하고, 자국인을 위한 학교를 짓는 등 장기적인 지배 체재를 구축해 간다. 그러나 강유위를 비롯한 중국 지식인들이 칭다오 반환 운동을 벌여 세계의 여론을 형성하게 되자 일본은 눈물을 머금고 1922년 철군하고 이때부터 칭다오는 중국인에 의해 정상적인 발전을 하게 된다. 남경 정부는 잔교를 확충하고 천주교 성당, 인민음악당 등을 짓고 산동대학을 개교하는 등 도시로서의 완전한 면모를 만들어 나간 것이다.

그러나 중일전쟁이 발발하자 1938년 칭다오는 다시 일본군의 수중에 들어간다. 이후 칭다오는 암흑기에 들어가게 되지만 이 시기 일본인들에 의해 상당히 많은 건물들이 지어져 현재 도시의 경관의 중요한 한 축을 이룬다. 일본이 패전한 후 국민당 정부는 미군의 도움을 받아 칭다오를 해방시킨다. 이때부터 1949년 6월 2일 인민해방군이 칭다오를 해방시킬 때까지 칭다오는 미군의 주둔지가 된다. 이렇듯 칭다오는 산동반도 남쪽에 자리한 천혜의 군항이라는 전략적 중요성 때문에 제국주의자들이 군침을 삼키는 지역이 되어 국제적 역학관계에 따라 수시로 그 주인이 바뀐다. 그러나 참으로 역설적이게도 이런 과정에서 칭다오는 1930년대에 이미 상해나 천진과 비견되는 근대적인 도시로 발전하였던 것이다.

중국해양대학 어산 캠퍼스 자리는 외국 군대가 칭다오에 진주할 때마다 주둔군 병영으로 사용되었다. 바다에서 그리 멀지 않고 삼면이 산으로 둘러싸여 칭다오의 최대 전략적 요충인 이곳은 독일군과 일본군이 주둔군의 병영으로 사용하였고, 민국 정부가 다스릴 때는 사립청도대학, 국립청도대학, 국립산동대학 등의 캠퍼스로 사용되었지만, 다시 일본군 병영으로 미군 병영으로 사용되는 운명을 겪었다. 결국 중화인민공화국 수립으로 중국이 완전히 해방된 다음에야 국립청도해양대학의 캠퍼스로 사용되어 현재에 이른 것이다.

하나의 대학 캠퍼스가 외세에 의해 수시로 주인이 바뀌고 병영으로 쓰였던 곳이 얼마나 될까? 칭다오의 역사를 살피다 보니 어산 캠퍼스는 중국 근대 역사에 있어 제국주의의 침탈사를 축소판을 보여준다. 그런데 외국군이 병영으로 사용하던 곳을 중국인들은 자신들이 다스릴 때마다 대학으로 만들었다. 이것은 외적들의 무력에 의한 침략의 역사를 문화적인 무게로 이민족을 융화시켜온 중국인들의 전통적인 화이론적 자세의 한 면을 보여주는 것 같아 일면 두렵기도 하다.

이제 새로운 강국으로 등장한 중국이 이곳에 또 다시 외국의 군대가 주둔하는 것을 허용하지 않겠지. 아니 지구상에 그러한 무지막지한 폭력의 역사가 다시 있어서는 안 될 일이다. 어산 캠퍼스의 역사를 생각하다 보니 임진왜란 중에 왜군 병영으로 사용되다가 명군과 청군도 일시 주둔하였고, 일제 강점기에 일본군이 해방 이후에는 미군이 주둔하고 있는 삼각지의 미8군 사령부 자리의 운명을 생각하게 된다. 이제 미8군 사령부가 평택으로 이전하고 나면, 나라의 중심부의 코앞에 외국군이 진주하는 비극이 다시는 일어나지 않도록 해야겠다는 생각을 해본다.

어산 캠퍼스 중앙정원의 아침 풍경

한신대학의 유문선 교수가 중국해양대학에 강연 차 와서 함께 시간을 보내주느라 며칠 아침 산책을 하지 못하다가 아침에 대운동장을 걷고 중앙정원으로 나가 보니 며칠 사이에 나뭇가지들이 마른 가지를 드러내고 있다. 중앙정원의 명물인 플라타너스는 칙칙한 잎들을 다 벗어버렸고, 은행나무와 벚나무, 느티나무와 낙엽송들이 얼마 전까지 푸르름을 빛내던 중앙정원은 이제 설송과 측백나무와 사철나무 같은 상록수들만 겨우 푸른빛의 명맥을 유지하고 있을 뿐이다. 낙엽이 다 져버렸다고 해도 중앙정원은 중국해양대학 어산 캠퍼스에서 가장 아름다운 공간으로 빛을 발하고 있었다.

중앙정원이라 하여 엄청난 규모의 정원은 아니다. 중국해양대학 어산 캠퍼스 제4문 즉 홍도로에 있는 교문으로 들어오면 바로 왼쪽에 오래된 긴 건물이 학교 담을 따라 서 있는데 이곳이 1900년에 처음 비스마르크 병영이 지어졌던 자리로 현재 남아 있는 건물은 1903년에 완공된 독일 육군병영으로 현재는 수산관이라 불린다. 남서향으로 지어진

이 건물은 남향이라는 의미보다 병영에서 청도만과 잔교를 내려다 보아 감시할 수 있도록 설계한 듯한 느낌을 준다. 이 건물 건너편에 똑 같은 방향으로 똑같은 구조를 가진 1906년에 완공한 독일 육군병영이 있다. 그리고 수산관 건물 오른편으로는 사인방의 우두머리였던 강청이 사서로 근무한 적이 있어 유명한 중앙도서관이, 왼편으로는 민국 시절에 지은 화학관과 일제가 지은 듯한 과학관이 나란히 아담하게 자리하고 있다. 이렇게 오래된 건물로 둘러싸인 장방형의 공간에 플라타나스와 설송 등 많은 나무를 심어 아기자기한 정원을 만든 것이다.

독일인이 심은 백 년 된 플라타나스는 아직도

실상 내가 매일 아침에 산책을 하다 보니 임의로 중앙정원이라 이름을 붙였지만 독일군 병영 사이가 대충 220여 보, 도서관과 과학관 사이가 160여 보로 규모는 그리 크지 않다. 그러나 규모에 비해 독일 병영이 지어질 때 심은 나무들이 빙 둘러 있고, 이후에 이 자리가 일군 병영으로 사용되고, 민국 정부가 대학으로 사용하고, 또 일군과 미군 병영으로 사용되고 해방 이후 산동대학과 해양대학이 자리하면서 그때마다 병영이나 학교의 중심이 되는 정원으로 잘 가꾼 흔적이 여기저기 남아 있다. 이 정원은 규모에 비해 수종이 다양하고 또 나무들의 위용도 대단하다. 처음 이곳을 찾았을 때 마치 유럽 어느 궁전의 후원을 보는 듯한 느낌을 받았던 기억이 새롭다.

　중앙정원 안에 심어져 있는 나무들은 최근 들어 그리 잘 가꾸지 않은 듯한 느낌을 준다. 대학이 이곳 어산 캠퍼스에서 부산 캠퍼스를 거쳐 노산 캠퍼스 쪽으로 옮겨 가면서, 중앙정원의 관리가 조금은 소홀해진 탓이 아닌가 싶다. 그러나 잘 가꾸어졌던 흔적과 자연스럽게 자라고 있는 나무들 그리고 깨끗하게 다듬어 놓은 잔디들이 만들어 내는 묘한 어울림은 오히려 중앙정원을 더 멋진 공간으로 만든다는 생각이 들기도 한다. 정원 안에는 사철나무로 또 설송으로 장식된 작은 산책로들이 만들어져 있어 그 사이를 걷고 싶게 만든다. 정원 중앙에 자리한 110년 정도 된 두 그루의 커다란 플라타나스가 있는 작은 광장에서 길은 여섯 방향으로 갈라져 있고, 수산관 앞에는 빽빽하게 설송을 심어 그 아래로 포도 블럭을 깔아 자연스런 산책로를 만들어 두기도 하였다.

　더욱이 중앙정원에는 중국근대문학 형성기에 <청조>를 발간하고 장편소설 <산우>를 창작하여 중국근대문학의 형성에 큰 영향을 미친 왕통희 선생의 동두상(銅頭像)과 중국해양수산학의 태두인 혁숭본 교수의 석두상(石頭像)이 자리하고 있어 볼만한 명물이 되고 있고, 수

산관 앞 쪽에 돌로 만든 반달형의 야외 공연장이나 아주 작지만 돌로
석산을 만들어 장식한 작은 연못, 졸업 기념으로 만든 몇 개의 조형물
들이 있어 찾아다니며 보는 맛도 나쁘지 않다.

중앙정원에는 문화인의 두상이 여럿 있다

꽃과 조각이 잘 정돈되어 있는 중앙정원

특히 아침에 산책을 나오면 중앙 정원의 한복판 두 그루의 커다란 플라타나스 아래에서 느린 동작으로 쿵푸를 하는 두 노인, 도서관 앞에서 음악을 틀어 놓고 동작을 맞추어 쿵푸를 하는 칠팔 명의 중노인 남녀들, 반원형 극장 앞에서 쿵푸를 즐기는 오륙 명의 중노인 남녀들의 모습도 큰 볼거리이다. 어느 날은 칼을, 어느 날은 봉을, 어느 날은 부채를 들고 나와 느린 동작으로 쿵푸를 하고, 어느 날은 권법을 단련하기도 한다. 무술이 가진 실용성이 사라진 지금 건강을 단련하기 위한 용도로 변한 쿵푸는 느리면서도 절도가 있어 보는 사람의 눈을 즐겁게 해준다. 또 나무 아래에서 혼자 쿵푸를 즐기는 사람도 많고, 배드민턴을 치는 부부나 나무에 등을 부딪치고 있는 할머니들의 모습은 한국의 새벽 약수터가 생각나게 한다.

중앙정원 공터에 모여 쿵푸하는 사람들

개학을 한 후에 아치에 중앙정원을 걸으면서 가장 인상적인 것은 정원 여기저기 놓여 있는 벤치마다 학생들이 자리를 차지하고 앉아 공부를 하는 모습이었다. 적지 않은 벤치가 다 차고 나면 학생들은 세멘트가 깔린 경계석이나 반원형 극장의 계단에 철퍼덕 앉거나 서서 돌아다니며 공부에 전념한다. 동이 트면 학생들이 이곳에 모여들어 책을 펴고 앉아 공부를 하는데 자세히 보니 소설이나 중국어로 된 전공서적을 보는 학생들도 가끔은 눈에 뜨이지만 대부분이 중얼거리며 영어 공부를 하고 있다. 매일 아침의 새벽 산책길에서 영어 문장을 암기하기 위하여 중얼대는 학생들의 목소리는 한국 학생들의 방만한 생활을 떠올리게 하고, 또 그 공부에 대한 열성이 신선하게 느껴지기도 하였다.

기숙사 한 방에서 네 명 이상이 함께 생활하는 현실적 조건이 학생들이 숙소에서 공부를 할 수 없게 만드나 보다. 아침 일찍 도서관을 열기는 하지만 다른 학생들 공부에 방해가 되니 거기서 중얼거릴 수는 없고 하니 어쩔 수 없이 공부하고자 하는 학생들이 중앙정원으로 몰려드는 모양이다. 하긴 중앙정원 이외에도 민행관 옆의 작은 정원이나 대운동장의 계단에서도 많은 학생들이 공부를 하고 있기는 하다. 새벽에 중앙정원의 우거진 나무들 사이에서 영어 문장을 암기하면 아침을 맞아 나무들이 뿜어내는 피톤치드 덕에 학업 능률이 크게 오를 것 같기도 하다. 이것도 중앙정원이 해양대학 학생들에게 주는 커다란 혜택이 아닐 수 없다.

이제 날이 추워지니 새벽에 중앙정원으로 나오는 사람들이 줄어들고 있다. 그래도 두터운 옷을 입고 산책을 나간 오늘도 십여 명의 학생들이 중앙정원에 나와 영어를 암송하고 있고 수는 좀 줄었지만 노인들은 오늘도 쿵푸를 즐긴다. 나뭇잎은 이울어 점차 중앙정원의 풍경이 을씨년스러워져 가지만, 쿵푸를 즐기는 노인들과 공부를 하러 나오는 학생들이 눈에 뜨이는 것만으로도 행복하다. 아침 숲길의 향이 좀 줄어들었어도 설송과 측백나무 사이를 지날 때면 뿜어져 나오는 아침의 향기가 내 코와 머리와 가슴 시원하게 한다. 이제 더 추워져 한겨울 눈이 내리면 중앙정원은 또 어쩐 풍경을 보여줄까 큰 기대를 해 본다. 가지를 늘어뜨린 설송에 눈이 덮인 모습은 환상적일 듯하다.

참, 칭다오에는 눈이 쌓이게 내리는 일이 없다고 했던가? 그렇다면 수산관 앞에서 중앙정원을 내려다 보며 설경이 아름다웠던 영화의 한 장면을 떠올릴 수밖에 없는 일인가 보다.

첫 강의를 끝내고

이번 학기 중국해양대학에서 가르치게 된 과목은 4학년 1학기 '한국 현대문학사'이다. 4학년 학생 수가 40명 남짓 되는데 4학년 강의임에도 선택의 여지없이 다 들어야 해서 강의실이 거의 꽉 찬다. 오늘은 첫 시간이고 해서 학생들의 한국어와 한국문학에 대한 이해의 수준을 알아보기 위해 내 소개를 하고, 한·중·일의 근대화 과정의 차이 그리고 세 나라의 근대문학사와 관련된 이야기를 하면서 학생들의 반응도 보고 또 한국어 능력이나 한국 체험 경험, 한국 근대문학에 대한 이해의 정도를 물어보았다. 내가 강의에 들어가기 전에 짐작한 대로 현대문학사를 한국 학생들에게처럼 체계적으로 가르치기가 어려울 듯하다.

한국어과 학생들이라고는 하나 고중을 다닐 때까지는 대입에 매달려 주어진 공부만 하였으니 한국어과에 입학하기 전에 한국어나 한국문학에 대해 들어본 적이 없다. 대학에 들어와서부터 한국어를 배웠으니 이제 중국에서 외국어로서 한국어를 3년 정도 배운 셈이다. 강릉대학에 다니는 중국인 학생들을 생각해보니 한국어학당을 1년 다니고 3

학년이 되어도 개인차가 있긴 하지만 전공 강의를 들을 정도의 한국어 능력이 되지 못한다. 그 학생들은 한국어를 사용하는 언어 환경에 놓여 있지만 중국인 학생들의 수가 늘면서 한국어 사용 능력의 발전 속도가 점차 떨어지고 있다. 중국인 수가 적었던 예전과는 많이 달라진 것이다. 그런데 이 학생들은 중국어 사용 환경에서 3년을 배웠으니 우리 학과 4학년 중국인 학생보다 한국어 사용 능력이 떨어지는 것은 당연한 일이겠다.

한국이나 한국 문화에 대해 얼마나 알고 있는가를 보기 위해 한국에 다녀온 적이 있는 학생들이 있는가를 물어보니 10명 정도의 학생들이 손을 든다. 이 학생들은 학교에서 제공하는 한국 대학과의 교류 프로그램에 따라 1년 정도씩 한국에 다녀온 것이란다. 이외에 개인적으로 한국에 다녀온 학생들이 있는가를 물어보니 한국 비자를 구하기도 어렵고 개인 여행은 돈이 많이 들어서 한국에 여행가는 것이 거의 불가능하단다. 학생들과 이야기해 본 결과 당연하게도 한국 체험이 있는 학생들은 한국어 능력은 물론 한국이나 한국문화에 대한 이해가 조금 더 높은 수준인 것 같다. 외국어 계열 학과에서 어떤 방식으로든 학과 학생들을 염가로 외국과 교류하는 프로그램을 개발하는 것이 얼마나 중요한가를 한두 번의 질문으로 확인할 수 있었다. 이러한 학생 교류는 중국에 있는 한국어학과들에서 애를 써야 할 부분이기도 하고 한국 쪽에서도 관심을 가져야 할 방안인 것 같다.

다음으로 학생들이 중국사와 중국문학 그리고 한국사와 한국문학에 대해 어느 정도 아는가를 물어 보았다. 학생 전체가 중국 근·현·당대사와 문학사에 대한 이야기에는 고개를 끄덕이고 알고 있다는 반응을 보이고 노신, 노사, 정령, 섭성도, 곽말약, 호적, 왕몽 등 중국의 중요 작가에 대해서는 알고 또 들어보았으며 작품도 읽은 것들이 제법 있단다. 고중에서 국어 시간에 문학사도 공부하고 문학 작품도 읽어 보았고 또 국사 시간에 중국 역사를 제대로 배운 모양이다. 이 학생들은 한국어과를 들어온 것으로 보아 전반적으로 인문학적 자질이 강하고 문학에 대한 관심과 소양이 적지 않은 학생일 것이라는 짐작이 든다. 더욱이 해양대학에 들어올 정도면 고중에서 성적이 우수했던 학생들일 터이니 교양 수준에서 중국사, 문학사 등은 잘 아는 것이 당연한 것이리라.

해서 한국사에 대해서 아는 바를 물어 보니 아는 것이 거의 없다. 당연하겠지. 중국 학생들이 세계사를 배우면 한국에서처럼 서양사를 주로 배울 것이고, 동양사를 배운다고 해도 한국 역사에 시수가 얼마나 할당되겠는가. 우리나라 고등학생들이 세계사를 배울 때 베트남에 대해 배우는 정도이겠지. 다시 한국근대문학 작품 중에서 시든 소설이든 수필이든 한 작품 전체를 읽은 적이 있는 사람은 손을 들어 보라니까 단 한 명도 손을 들지 못한다. 하긴 강릉대학 학생들도 3학년 문학사나 소설론 수업 시간에 작품에 대한 이야기하면 읽은 것이 별로 없는데, 중국 학생들에게 그것을 기대하기는 어렵겠지. 그래서 이광수, 김동인, 염상섭 등의 작가를 대고 이름을 들어본 학생이 있느냐고 하니까 열 명 정도의 아이들이 손을 드는데 전부가 교환학생으로 한국의 대학에 다녀온 학생들이다.

그렇다면 한국어과 3학년 과정까지 한국어를 배우느라고 한국사나 한국문학에 대해서는 전혀 관심을 가져보지도 못했다는 말이 된다. 학생들 교육과정을 살펴보니 그렇게 편제되어 있다. '한국고전문학작품감상'을 4학년 1학기에, '한국현대문학작품감상'을 4학년 2학기에 수강해야 하고 그외에는 순수 한국근대문학 강좌가 없으니 학생들이 그런 반응을 보이는 것은 당연한 일이다. 하긴 외국어 3년 배운 학생들이 무슨 문학작품을 어떻게 읽을 수 있겠는가.

　현실적으로 대학 1학년부터 처음 한국어를 배워야 하는 한국어학과라면 기초한국어 능력의 신장을 중심으로 교육할 수밖에 없겠지. 학년이 올라가 한국어 사용 능력이 어느 정도 신장되면 한국 민담이나 동화 등 짧고 쉬운 서사물들을 읽혀 한국어와 한국의 문화를 알게 하고, 점차 한국 신문 기사나 방송 드라마 그리고 한국영화 등을 통해 언어 능력을 심화시켜 한국의 전통과 문화를 알게 하는 것이 방법이겠지 싶다. 단지 4년간 한국어를 배우는 교육과정이라면 한국문학작품 감상은 읽기의 최고 수준으로 맞나 보이는 것이 타당할 것 같다. 현재 해양대학에 편성되어 있는 '어학개론', '한국어발달사', '중세한국어', '문학사(고전 · 현대)' 등과 같이 교수들의 학문 전공과 유관한 강의들은 학생들이 따라가기에는 현실적으로 많은 무리가 있겠다는 생각이 든다.

　학생들과 첫 시간 수업을 하고 나서 학생들에게 한국현대문학사를 문학사로서 체계적으로 가르치기는 어렵겠다는 판단을 하였다. 다행히 이번 학기에 교재로 준비한 전광용 · 신동욱 선생님이 집필하고 방통대에서 출간한 <현대문학사>가 전체 설명이 아주 초보적이고 작품의 원문이 비교적 많이 실려 있다. 따라서 교재에 실린 문학사 내용은 가급적 간단히 설명하고, 주로 수록된 작품들을 함께 읽으면서 작품 내용을 파악을 하는데 중점을 두어야겠다. 그렇다면 작품 읽기를 바탕으로 그런 작품이 나오게 된 한국의 역사적 상황을 말하고, 그 작가에 대해 설명하여 한국문학사에서 중요한 작가임을 알려 주는 정도로 수업이 진행될 것 같다. 이를 통해 학생들이 한국근대문학의 대표작을 직접 읽어 보고, 한국근대문학의 중요한 작가를 알고 나아가 한국근대문학사의 얼개 정도를 아는 것으로 충분하지 않을까 생각해 본 것이다.

내가 강의하던 부산 캠퍼스에 가을이 내린다

남계가 미국에 가서 일 년 있다가 온 후, 외국에서 한국문학을 가르치기 위한 한국문학 앤솔로지의 중요성을 이야기하여 LOGO4가 함께 집문당에서 고전문학 대표 작품집을 출간한 적이 있는데 이러한 작업이 외국에서의 한국문학교육을 위한 가장 기초적인 작업이라는 생각이 들었다. 다행히 LOGO4가 편집하여 한우리에서 출간한 4권짜리 한국대표소설선집 5질을 해양대학 한국어학과에 기증해 두었고, 빛샘출

판사에서 제작한 30권짜리 고교생을 위한 한국문학 선집도 한 질을 학과에 기증하였으니 필요한 작품을 학생들에게 복사해 읽어보라고 하면 강의 담당자로서 운신의 폭이 조금은 넓어질 듯하다.

　이번 학기 강의를 아니 해양대학에 있는 한 학기를 외국인에서 이루어지는 한국근대문학교육 나아가 한국어교육의 교육과정에 대해 생각해보는 기회로 만들어야겠다는 생각을 하게 된 첫 강의였다.

Ⅲ

칭다오, 그 아름다운 이름이여

'근대 중국의 선택'을 읽고

9월 3일자 해양대학 신문에 류룬웨이[劉潤爲] 선생이 4월 27일 안휘사범대학에서 강연한 내용을 정리한 '근대 중국의 선택[近代中國的抉擇]'이라는 타이틀이 눈에 띄었다. 신문 두 면 전단에 광고 없이 사진 자료를 약간 실어 게재된 상당히 긴 글을 짙은 글씨체로 인쇄된 소목차를 따라 읽어보니 19세기 이후 중국의 역사와 사상적 흐름을 교양적인 수준에서 정리하여 중국의 근현대사를 한 눈에 조감하게 해 주기 위한 글인 듯하다. 중국 건국 60주년을 맞아 중국인들에게 자신들의 근현대사의 흐름을 알리고자 하는 의도를 지닌 듯 보이는 이 글을 중국인들의 중국사 이해 방법도 알아 볼 겸, 중국어 읽기 공부도 할 겸 작은 중국어 사전을 뒤져가며 읽어 보았다.

이 글은 중국에 대한 외세의 침략을 상징적으로 보여주는 1840년의 아편전쟁, 홍수전의 태평천국의 난, 중국번과 이홍장 등이 중심이 된 양무운동, 강유위와 양계초 등이 중심이 된 변법자강운동, 손중산이 중심이 되어 청조를 무너뜨린 신해혁명과 삼민주의, 원세계의 칭황제

83

사건, 장개석의 국민당 정부와 북양정부의 정책 그리고 모택동의 과학적 사회주의를 기초로 한 공산혁명 등을 그 대상으로 하고 있다. 이런 내용들은 세계사 시간이나 중국과 관련한 글을 통해 한국인들도 잘 알고 있으며, 특히 중국 근현대사를 약간 읽어본 나로서는 어느 정도 알고 있다고 생각하고 있는 역사적 사실들이다. 그러나 이 글을 읽으면서 한국에서 내가 읽은 글들은 한국의 역사학자들의 시각이 간여한 것으로 역사적 사실의 객관적 서술에 가까웠으며 중국의 공식적인 근현대사의 인식과는 매우 다르다는 것을 알게 되었다.

류룬웨이는 중국이 최종적으로 선택한 과학적 사회주의는 소련의 이론을 넘어선 뛰어난 영도에 의해 만들어진 올바른 역사적 선택이며 중국인의 현재와 미래를 가능하게 한 선택이라 주장하고 있는 바, 이는 중국의 국가 이데올로기와 연관된 것으로 당연한 논지로 이해할 수 있다. 내가 관심을 가진 것은 태평천국에서 국민당 정부에 이른 각 시기의 근대적 사상·정치 운동에 대해 어떻게 평가하는가 하는 점이었다. 중국의 핵심 사회과학 이론가 중 하나인 류룬웨이가 발표한 글이고 또 신문에 공식적으로 발표되었으니 중국 당국의 근현대사의 시각과 크게 어긋나지 않을 것이라는 판단 때문이다.

이 글은 근현대사의 중요한 사상·정치 운동에 대해 내가 알고 있는 것과는 상당히 다른 역사적 평가를 내리고 있다. 아편전쟁이 서구 자본주의 및 제국주의의 비열한 침략 방식이며 그에 의해 중국이 엄청난 핍박을 받게 되고 열국의 식민지 쟁탈장이 되어 결국은 중국 국토의 7%를 열국에 할애해 주는 치욕의 역사의 시작임은 주지의 사실이다. 그러면서 이후 중국 대륙을 휩쓸고 간 여러 사상운동들에 대해 재미있는 평가를 내린다. 태평천국의 난은 청조의 봉건체제를 무너뜨리려 했으나 실패했고 그 자체가 또 다른 봉건체제라는 점을 한계로 지적하였으나 밑으로의 혁명성은 인정하고 있다.

양무운동에 대해서는 매우 비판적인 시각을 보여준다. 그들은 청조 체재 내에서 서양의 과학기술을 받아들여 생산력을 증진시켜 근대화를 이루는 것을 목적으로 하되 '중체서용'이라는 논리를 내세운다. 그러나 중국의 문화와 체제는 유지하면서 서양의 기술만 받아들인다는 것은 과학기술이 곧 생산력이기 때문에 논리적으로 모순이라는 것이다. 곧 '체'와 '용'이 분리될 수 없다는 것이다. 더욱이 그들이 유지하려는 '체'가 청조라는 점은 철저하게 비판하고 있다.

이에 비해 변법자강 운동을 벌인 강유위나 양계초에 대해서는 비교적 긍정적인 평가를 내린다. 그들은 황제의 권한을 축소하고 국민의 권리를 신장하는 것을 골자로 하여 엄복의 적자생존론을 근거로 체재를 서양과 같이 변화시키고(변법) 자체의 과학기술력에 서양의 것을 받아들여 새로운 생산력을 탄생시키려(자강) 한 점에서 비교적 과학적이고 타당한 사상운동이었다고 평가한 것이다. 그러면서 그들의 운동이 103일만에 복벽주의자들에 의해 봉건체재로 돌아간 것을 매우 아쉬워하기도 한다. 변법자강운동이야 말로 근대적인 자본주의 사상을 제대로 받아들였다는 논리로 이해된다.

손중산은 청조를 무너뜨리고 중화민국을 세웠다는 점에서 위대한 혁명가로 평가하고 긍정적으로 평가하고 있으나, 그의 삼민주의에 대해서는 다소 회의적인 시각을 보인다. 그가 주도한 혁명이 성공하고도 원세계 같은 자들에 의해 황제 체제로 되돌아가고 혁명이 중도에 실패한 것은 그것이 자산계급에 의한 민주혁명이었기 때문에 갖는 한계라는 지적이다. 장개석과 북양군벌에 대해서는 그들이 엄청난 부패를 저질렀다는 점에서 철저하게 비판을 가하고 있다.

장개석은 국가의 핵심 관직을 21개나 차지하여 국가의 중요한 공문이 장개석이 장개석에게서 결재를 받아야 하는 우스꽝스러운 일도 생겨났다는 점을 들어 장개석 정권은 장개석 1인의 독재체재였다는 점을 비판한다. 그리고 당시 국가예산의 77% 정도나 되는 재산이 그 가족들의 명의로 상해의 외국계 은행에 입금되어 있었으며, 대만으로 건너갈 당시 미국은행에 천문학적인 돈이 이들의 비밀계좌에 들어 있었다는 점을 들어 윤리적인 부패를 맹비난한다. 북양 정권 역시 외국 자본과 결탁하여 민족 자본이 경영을 할 수 없을 정도로 핍박하면서 자신의 부를 축적한 점을 들어 비판하고 있다.

이어서 류룬웨이는 서구 자본주의와 제국주의가 전 세계에서 벌인 침략과 착취의 역사를 일별하고 그 극복의 대안으로 등장한 소련의 사회주의의 한계를 지적한다. 결론적으로 모택동이 중심이 되어 국가 이념으로 선택한 중국의 과학적 사회주의야 말로 많은 시행착오 끝에 도달한 위대한 사상적, 현실적 선택이었음을 웅변적으로 설파한다. 국가 이념으로 최종 선택한 과학적 사회주의는 자본주의를 극복하고 소련이 실패한 사회주의의 모델을 뛰어넘은 것으로 평가하면서 '사회주의가 아니었으면 어찌 능히 중국을 구하랴![只有社會主義才能救中國!], 중국 특색의 사회주의가 아니었다면 어찌 중국이 발전했으랴![只有中國特色社會主義才能發展中國!]'라는 감동적인 문구로 글을 맺고 있다.

이 글을 읽으면서 장개석이나 북양정권에 대한 비판은 중국공산당의 입장에서 보아 당연한 것으로 보더라도 태평천국, 양무운동, 변법자강운동, 손중산에 대한 평가는 새로운 충격으로 다가왔다. 양무운동에 대해서는 비판이, 태평천국과 손중산에 대해서는 비판과 긍정적 평가가, 변법자강운동에 대해서는 긍정적인 평가가 가해지는 이유가 무엇인가 하는 것이다. 우리는 이 모든 운동을 중국이 근대화해 가는 과정에서 나타난 다양한 모색 정도로 이해하고 있지 않은가 말이다.

곰곰이 생각해 본 끝에 류룬웨이가 내리는 판단의 기준은 봉건사회를 극복하고 자본주의를 거쳐 사회주의로 나아간다는 역사발전의 법칙을 놓고 아편전쟁 이후 당시 체재를 번복하려는 혁명적 발상에 대하여는 긍정적 평가를 그렇지 않은 운동에 대해서는 비판을 가하고 있다는 것을 알게 되었다. 태평천국이 청조에 대립하고 청조라는 구체제를 무너뜨리려 했다는 점, 변법자강운동이 민권을 강하고 자본주의로 나아가 근대화하려 했다는 점, 손중산이 자산계급의 민주혁명을 성공시킨 점 등을 긍정적으로 평가한 것이다. 이에 비해 태평천국이 봉건체제를 답습한다는 점, 양무운동이 청조의 체제 내의 변혁 운동이라는 점, 그리고 손중산이 자본계급에 기반을 둔 민주혁명을 시도하여 새로운 황제와 군벌의 준동을 가능하게 한 점 등이 비판의 대상이 된 것이리라.

이런 생각을 하면서 천안문 광장에 모택동과 손중산의 대형 초상이 마주하고 있는 것이 생각났다. 청조의 봉건 체재를 무너뜨린 혁명가로서의 손중산과 공산혁명을 성공시키고 현재의 중국이 있게 만든 혁명가로서의 모택동이 중국인들의 존경의 대상이 된 것이겠지. 한 나라의 문화와 역사를 이해한다는 것은 그들의 관점에서 그것을 볼 수 있어야 한다. 류룬웨이의 글을 읽고 중국의 근대사를 새롭게 읽을 수 있는 힘이 조금은 생긴 것 같아 뿌듯하다.

강유위 고거와 묘소 유감

청말 민국 초기에 중국의 근대화에 앞장 선 인물 중 칭다오와 밀접한 관련이 있는 인물이 강유위이다. 중국에 대한 외세의 침탈이 본격화되던 1858년 광동성 남해현에서 태어난 그는 고향에서 서당을 열어 양계초를 가르치기도 하였다. 그는 청말에 입헌군주제를 실시하여 근대적인 국가로 발돋움하자는 변법자강운동을 주창하였다. 그의 이러한 시도는 중국을 봉건체제에서 벗어나려는 새로운 시도로서 중국 현대사에서 매우 중요한 시도로 평가받는다. 그러나 동료였던 원세개 등의 배반으로 청나라는 다시 서태후를 비롯한 수구파들의 세력 아래 들어가게 되고 근대화도 손문이 지도하는 신해혁명 때까지 연기되기에 이른다.

강유위는 양계초와 같은 제자들과 함께한 1898년 무술년의 변법자강운동이 100일 만에 실패로 끝난 후 외국으로 망명길에 올라 전 세계를 여행하여 근대적인 지식인으로서의 시야를 넓힌다. 그러나 그의 사상운동의 추동력은 변법자강운동으로 마무리된다. 그가 망명 중에 보황회를 만들고 의화단의 힘을 이용하여 복위하려 한 것은 중국의 근대화 과정에 역행한 것이기 때문이다. 그러나 강유위는 일차대전을 빌미로 일본이 칭다오를 점령한 후 불법한 침략에 대해 문제를 제기하고 칭다오 반환운동에 앞장선다. 그의 노력을 결국 1921년 말 일본이 칭다오를 포기하고 중국에 넘기는 원인이 된다. 1922년 중국이 칭다오를 다스리게 되자 칭다오로 옮겨와 1927년 봄 서거할 때까지 생의 마지막 5년을 이곳에서 보냈다.

결국 강유위가 칭다오에 산 것은 생의 마지막 기간 5년에 지나지 않는다. 이 기간 동안 강유위는 회천만이 바라다 보이는 언덕 복산지로 끝에 있는 최초의 독일 총독의 관저로 지어졌던 독일식 건물을 구입하여 천유원(天遊園)이라 이름 짓고 유유자적하며 만년을 보낸 것이다. 강유위가 서거하자 그의 제자들은 강유위의 유언에 따라 노산 자락에 남해강선생지묘라는 오석으로 만든 비석을 세워 안장하였다. 강유위가 칭다오에 있으면서 노산 태청궁을 들러 석각을 남긴 바 있는데 그때 본 노산을 자신의 영원한 안식처로 생각한 모양이었다.

그러나 강유위의 편안한 잠은 50년을 채 넘기지 못하였다. 문화대혁명이라는 혼란기를 맞아 홍위병들은 강유위의 비석을 파괴하고 묘소를 폐허로 만들어 버린 것이다. 이후 그대로 방치되어 있는 것을 1985년 칭다오 시정부가 강유위를 기려 그가 살던 천유원을 단장하여 시민들에게 답사처로 개방하고, 부산만 바다가 아름답게 내려다보이는 부산 자락 낮은 언덕 위에 강유위의 묘소를 만들어 이장을 하였다. 묘소 출입구를 지나면 양쪽에 돌로 만든 난간을 두른 계단이 길게 이어지고 그 끝에 묘소가 잘 정비되어 있고 묘소 앞에 강유위선생지묘라는 새로 만든 비석이 놓여 있다. 두 도막이 난 원래의 비석은 묘소 오른 편에 접착하여 세워 두었다. 산소가 훼손되고 사십 년 이상이 지났지만 그래도 강유위가 지니는 역사적 의미를 고려하여 묘소를 제대로 꾸민 것이어서 큰 의미를 지닌다.

　내가 이번 학기를 지내고 있는 중국해양대학은 칭다오에 있는 강유위의 유적들과 그리 멀지 않다. 강유위의 고거인 천유원은 내 연구실과 숙소가 있는 어산 캠퍼스에서 도보로 10여 분 거리에 있다. 학교 정문을 나가 왼쪽으로 몇 십 미터 가서 왼쪽으로 복산로를 따라 일이 분 걷다가 복산지로 돌길을 따라 2~3분 걸어 내려가면 천유원이다. 아담한 독일식 2층 건물을 깨끗하게 단장하고 내부에는 강유위의 여러 유물들을 1~2층에 전시하여 강유위 박물관처럼 꾸미고는 입장료를 받는다. 예전에는 바다가 훤히 내려다보일 자리지만 지금은 앞에 건물들이 들어서서 바다가 보이지는 않는다. 그러나 칭다오 관광과 관련된 어떤 자료에도 소개될 만큼 유명한 건물이다.

강유위가 만년을 보낸 청유원

칭다오에 올 때마다 안내를 하는 사람이 강유위 고거를 구경시켜 주었고 이번에 칭다오에 와서도 몇 번을 문 앞을 지나고, 관광을 시켜주어야 할 사람들과 들어가 보고 해서 낯익다. 그런데 강유위의 묘소는 이번에 칭다오에 와서 중국해양대학 부산 캠퍼스 뒤쪽에 있다는 사실을 알았다. 부산 캠퍼스에 회의 차 김윤태 선생, 조춘호, 이성주 군과 함께 간 김에 시간을 내어 답사를 하기로 했다. 한국연구중심 건물 옆 후문을 나와 해양대학과 청도대학 사이에 난 청대1로를 따라 3~4분쯤 가서 왼쪽으로 난 영덕로에 들어서니 오른편에 강유위 묘소라는 표지석이 보인다. 입구에 돌을 세워 강유위의 삶을 간단히 소개해 주고 있다.

입구에 초소가 하나 있고 입구를 들어서니 양쪽에 돌난간이 세워진 돌계단을 따라 올라가도록 되어 있다. 삼십 개 남짓한 돌계단을 오르다 뒤를 바라다보니 부산만 너른 바다가 아파트 사이로 언뜻언뜻 보인다. 이 자리 역시 배산임수의 좋은 자리를 택한 것 같다. 그러나 계단을 오르다 보니 계단 주위의 화단뿐만 아니라 돌계단 사이에도 풀이 엉망으로 자라 있어 묘소가 상당히 오랫동안 전혀 관리되지 않은 듯한 느낌을 준다. 묘 앞에 서니 풀이 엉망으로 자라 돌이 깔리지 않은 쪽으로는 뱀이 나올까 무서워 들어가기가 겁날 정도이다. 산소를 이리도 관리하지 않는 자손들이나 칭다오 시 문화국에 대해 험한 불평을 늘어놓으며 답사를 끝내었다.

문화인의 흔적을 보존하려 노력하는 것은 한 국가의 문화의 척도라는 생각을 하곤 한다. 유럽에 가서 무엇보다 부러운 것 중의 하나가 예술인들이 살던 집을 보존하여 박물관을 만드는 일이나 그들의 동상을 세우는 일이나 그들의 묘소를 잘 가꾸어 관광자원으로 활용하는 것이었다. 프랑크푸르트의 괴테가 본의 베토벤이 오슬로의 입센이 바르샤바의 퀴리 부인이 각 도시마다 자기 지역의 위인의 흔적을 잘 보존하여 박물관을 만들고 있다. 이렇게 함으로써 후손들에게 선조들의 문화적 업적을 기리게 해 주는 것은 어떤 위인전보다 교육적 효과가 클 뿐 아니라, 그 도시를 찾는 여행객들마다 들르게 됨으로써 관광 상품으로서도 효과가 작지 않다. 칭다오에 와서 복산로 지역의 강유위, 노사, 심종문, 홍심 같은 문화인들이 살았던 건물들을 시정부 차원에서 단장하고 문화명인고거일조가(文化名人故居一條街) 즉 문화인들의 옛집이 늘어선 거리라 명하고 관광자원으로 활용하는 것을 보고는 폐허가 되어버린 현진건 고가터나 흔적을 알 길 없는 이상의 고거 그리고 팻말로만 박인환이 살던 곳임을 알려주는 한국의 현실을 떠올리며 한중 두나라의 문화적 차이를 떠올리기도 했었다.

돌본 흔적이 없는 강유위의 묘소

문혁 때 두 동강 나버린 원래의 비석

　그러나 오늘 강유위의 묘소를 답사하고는 실망감을 느끼지 않을 수 없었다. 입장료를 받는 고거의 정돈된 모습에 비해 돈을 받지 않는 묘소가 너무나 소홀하게 관리되고 있는 탓이다. 중국 근대화의 대표적인 인물로 추앙되는 강유위의 묘소가 이리 소홀하게 관리된다는 것은 다른 예술인의 경우도 마찬가지라는 것을 뜻하지 않을까? 누군가 주체가 되어 추앙해야 할 인물들의 묘소를 관리하여 그곳을 찾는 사람에게 경건함을 느끼게 해주는 것이 후손으로서 도리가 아닐까. 머릿속에 강유위의 고거와 묘소의 풍경이 대비되면서, 실질적으로 돈이 되는 곳만 잘 정리하여 관광자원으로 활용하는 중국인들의 상술을 보는 것 같아 아쉬움이 크다.

노사(老舍)의 삶과 칭다오

    칭다오에 와서 가장 자주 찾은 곳이 황현로 12호에 자리한 노사의 고거이다. 처음 칭다오에 와서 학교 근처 황현로에 노사의 고거가 있는 것을 알고는 기쁜 마음에 더운 날씨를 무릅쓰고 황현로를 찾았으나 찾을 수가 없었다. 자료를 뒤져 황현로 12호라는 것을 알고 두 번째 찾았을 때 황현로에 들어서니 어느 거리나 마찬가지로 오른쪽은 홀수 호가 왼쪽으로는 짝수 호가 이어지는데, 호수가 일정한 순서로 붙어있지 않아 조금 헤매다가 대학로로 이어지는 골목 안 중간쯤에 자리한 12호를 간신히 찾았다. 노사의 고거는 매우 낡은 2층집인데 고거로서의 자태를 되찾기 위해서인지 그때부터 지금까지 무려 넉 달 동안 공사가 이어진다. 대대적인 공사 끝에 이제 건물의 외양은 깔끔하게 다듬어지고 마당에 돌을 깔고 건물 내부 공사를 진행하고 있다. 건물 입구에 부속 건물을 하나 짓는 것이 건물 수리가 끝나고 입장료를 받고자 하는 것 같다. 노사 고거 앞의 벽에는 '노사 고거(老舍故居)'라는 안내 표지석이 두 개씩이나 박혀 있고, 벽에 노사의 사진들을 전시하고 그의 문학

작품을 기록한 안내판, 칭다오에서의 생활을 정리한 안내판 등 네 개의 거창한 설명이 붙어 있다.

노사가 누구인가. 북경에 있는 중국현대문학관 안에 자리한 중국현대문학을 대표하는 아홉 명의 작가의 기념 코너 중 하나를 차지한 그가 아닌가. 북경에서 이름만 남은 가난한 기인의 집안에서 태어나 어렸을 때 부친을 잃어 도시빈민으로 살다가 후견인을 만나 교육을 받고 1920년대 중반에 영국 유학까지 하게 된 인재(이 점이 이광수와 많이 닮았다). 그는 제남의 제동대학 교수로 근무하다가 1934년 산동대학의 교수로 발령을 받고 이곳 칭다오에 3년 정도 머물렀다. 다른 교수들에 비해 특별대우를 받아 이곳 이층집에서 아내와 자식들과 함께 풍요롭고 편안한 생활을 즐기며 많은 작품들을 발표하였던 것이다. 더욱이 노사는 1936년 이곳 칭다오에서 대학교수직을 버리고 전업작가로 나섰고, 그의 대표작으로 세계적인 명성을 얻은 소설 <낙타상자>를 이곳에서 집필하였다. 이렇게 보면 그의 생애 중에서 가장 행복했던 시기를 보낸 곳이 이곳 칭다오의 황현동 고거이다.

노사가 <낙타상자>를 이곳에서 집필하였다는 것만으로도 칭다오 시 황현동 12번지 건물을 그의 고거로 지정하는 것은 의미가 있는 일이다. 그러나 루쉰의 고거가 북경, 상해, 소흥, 하문, 광동 등에 자리하고 있고 잘 다듬어져 있는 것에 비해 노사의 고거는 북경과 이곳 칭다오에 있을 뿐이다. 그것도 북경의 노사 고거는 아직 가 보지는 못했지만 고거이기보다는 기념품 가게 비슷하다는 많은 사람들의 글과 사진을 본 바이고, 이곳 칭다오의 고거도 이제야 제 모습을 찾아 고거다운 모양새를 갖추게 되는 것 같다. 내 예상대로 이곳을 노사의 고거이자 기념관으로 만들어 그와 관련된 많은 자료들을 모으게 된다면 중국 최초의 제대로 된 노사 고거가 탄생되는 것이 될 것이다.

수리 중인 고거의 벽에는 설명만이

말끔히 단장된 황현로 노사고거

96

사실 노사는 중국 현대사에서 이념의 피해를 본 대표적인 작가 중 하나이다. 이념적으로 자유주의자이자 중간파에 해당했던 그는 중일전쟁 시기에는 작가로서 일제와의 항전에 적극적으로 참여하기도 했다. 일제가 항복한 후인 1946년 미 국무성의 초청을 받아 미국으로 건너가 연구 생활을 하던 노사는 1949년 말 주은래 총리의 부름을 받아 귀국하여 문교원문교위원회위원, 전국정협상위, 중국문련부주석, 중국작가협회부주석 및 서기처 서기, 중국민간문예연구회부주석, 중국극협이사, 중국곡협이사, 북경시문련주석 등 문화예술계의 지도자로 활동하며 해방 후 중국의 문예정책을 수립하는데 많은 노력을 기울였다. 이시기 노사는 열렬히 신중국을 찬양하는 시가 작품들을 발표하였고, 또 1950년대 초 섭성도, 라상배, 여숙상, 여금희, 후보림 등과 함께 한어규범화 사업에 참여하여 현재의 중국어를 만드는 일에 적극적으로 참여하여 신중국의 언어문화의 초석을 만드는 작업에도 헌신하였다.

　이렇듯 해방 후에도 중국의 대표적인 지성, 문인으로 활동했으나 문화혁명기에 이르러 그는 비극적인 최후를 맞이하게 된다. 1966년 문화혁명이 시작되자 그는 비판의 대상이 되기 시작하였고, 8월 23일 판공실에 학습 차 참가했다가 군중들에게 붙들려 국자감원에 갇혀 경극에 사용하는 막대기로 구타를 당해 피투성이가 되어 북경시 문련에 되돌아온 후, 무지한 소년들에게 붙들려 가서 뭇매를 맞고 늦은 밤에 집으로 돌아왔다. 다음날 새벽, 노사는 지팡이를 짚고 어린 손녀에게 이별을 고하고 집을 나섰고, 다음날 저녁에 태평호 서쪽에서 시체로 발견되었다. 흔히 그의 죽음에 대해서는 당대 최고의 문인이자 지식인이었던 그가 어린 소년들의 비인간적인 비판과 폭력을 참지 못하고, 새벽에 집을 나가 그가 평생을 벗했던 술 한 병을 마시고 태평호로 걸어들어가 일생을 마감한 것으로 알려져 있다. 그의 죽음은 김학철의 20

년 영어 생활과 함께 정치적 혼란기에 중국 지성인들이 경험한 비극적 삶의 행로를 극적으로 보여준다.

노사를 만났던 많은 사람들은 그가 북경에 대해 너무나 잘 알았고 주변 사람들에게 무한한 관심과 사랑을 베푼 인물로 기억한다. 그가 한어규범화 사업에 참여했을 때 동료들을 데리고 나가 북경 특색의 음식과 술을 즐기면서 북경의 인민들의 삶에 대해 자세한 이야기를 하였을 때 많은 동료들이 놀라마지 않았다는 이야기는 전설처럼 전해져 온다고 한다. 또 그는 술집의 술을 나르는 종업원이나 이발소의 머리 깎는 사람들에게도 인간적으로 대접하여 그를 기억하는 많은 사람들이 그러한 그의 모습에 대해 경탄하고 있기도 하다. 또 문학에 대해 이야기하러 오는 젊은이들에게 깍듯이 동료로서 대하는 그의 모습은 그의 후배들이 그를 존경하는 한 이유가 되기도 한다.

고거 마당에는 노사와 상자의 동상이 있다

존경을 받는 높은 자리에 있으면서도 주위의 약자들에게 끊임없는 애정을 보인 것은 그의 성장 과정과 일정한 관련이 있을 것이라는 생각이 든다. 가난하나 자존심이 드높은 기인(旗人)의 자식으로 태어나 타인의 도움으로 학업을 지속하고 영국 유학까지 하게 된 그의 이력은 그가 비범한 능력을 가진 인물이었음을 알게 하고, 그가 이웃에 대해 관심과 애정을 갖게 되는 한 이유로 지적할 수 있을 것이다. 더욱이 젊은 날 영국에서의 체험은 그가 평생 멋진 신사로 살아가게 하는 밑바탕이 되었을 것으로 생각된다. 그의 이러한 삶의 궤적은 그가 아랫사람들과 소년들에게서 비인간적인 모멸을 받았을 때 자살로 생을 마감하는 데로 나아가는 한 이유이기도 하였으리라는 생각을 하게 된다.

노사의 <낙타상자>는 중국에서 뿐만 아니라 미국을 비롯한 많은 나라에서 베스트셀러의 반열에 올랐으며 그를 세계적인 작가로 나아가 노벨문학상 후보로까지 나아가게 한 작품이다. 다산의 작가였던 노사가 쓴 작품은 무수히 많지만 그를 세계적인 작가로 이름나게 한 것은 바로 <낙타상자>이다. 노사가 칭다오의 산동대학 교수로 재직하다가 오랜 기간 동안의 교사와 교수의 직을 사직하고, 즉 안정된 수입을 포기하고 전업작가로 나선 후 한 일 년 동안 칭다오에 머물면서 <낙타상자>를 집필하고, 발표가 끝난 후 칭다오를 떠난 것이다. 즉 칭다오에서의 안정된 삶이 노사에게 <낙타상자>와 같은 작품을 창작하게 해 준 것인지도 모른다.

칭다오에서 살았던 중국현대문학을 대표하는 문인은 문일다, 홍심, 심종문, 양실추, 왕통희, 소홍, 서군 등 적지 않다. 그 중에서 노사는 칭다오의 문예적 역사를 대표하는 작가라 할 수 있다. 이 모든 작가들이 칭다오에서 살았다는 점에 큰 의의가 있지만, 노사와 같이 작가로서의 삶의 전환기를 이곳 칭다오에서 맞이하고 세계적인 작품을 칭다오에서 쓴 작가는 노사뿐이기 때문이다. 칭다오 시 한복판에 노사공원을 만들고, 칭다오 중산공원 뒤에 자리한 백화원에 다른 칭다오의 문인들과 함께 노사의 석상을 세운 것이나, 그의 고거를 새롭게 단장하여 그를 기리고 있는 것은 칭다오를 찾아오는 관광객들에게 그를 기억하게 하는 기회를 제공한다는 점에서 큰 의의가 있다. 그러나 다른 작가들과 달리 노사는 세계의 문학애호가들이 잘 알려진 작가라는 점에서 노사공원을 노사를 기리는 공원으로 단장하는 것과 같이 여타의 작가에 비해 더 많은 관광객이 찾아 의미를 찾을 수 있는 볼거리들을 만들어내는 노력이 필요할 것이다.

전시관에 한국어판 <낙타상자>는 없다

100

긴 기간 묻혀 있던 노사의 작품이 2009년 1월 상해에 있는 문회출판사에서 <노사소설정회(老舍小說精匯)>라는 이름으로 21권짜리 소설 선집으로 발간하여 그의 문학세계를 새롭게 조명할 수 있게 되었다. 자유주의자로서 또 문화혁명의 피해자로서 세인들에게 크게 알려져 있지 않았던 노사의 문학이 새롭게 빛을 발할 수 있는 길이 열리게 된 것 같아 반가울 따름이다. 이런 시대의 변화에 맞추어 노사가 살던 집을 새롭게 단장하고 그의 삶과 문학의 자료를 모아 전시하여 그와 그의 문학에 더욱 친숙하게 다가가게 해주는 황현로 12호의 노사 고거를 찾아 이곳저곳을 둘러보며 칭다오 시의 문화 정책에 다시 한 번 감사한다.

등주로 맥주거리를 아시나요

칭다오는 유명한 것이 한둘이 아니지만 무엇보다 칭다오맥주가 가장 유명하다. 이미 세계적인 맥주로 자리를 잡은 칭다오맥주는 독일이 칭다오를 조차지로 사용하던 1903년 등주로에 처음 공장을 지은 것으로부터 시작했으니 이미 110년에 가까운 역사를 가지고 있는 셈이다. 칭다오 시에만도 칭다오맥주 공장이 다섯 군데나 있어서 엄청난 맥주의 수요를 감당하고, 그 유명세만큼이나 중국 전역에 칭다오맥주 공장이 있어서 엄청난 양이 칭다오맥주의 이름으로 생산이 되고 있다.

그렇지만 맥주라는 것이 동일한 방식으로 만든다고 맛이 다 같은 것은 아닌가 보다. 하긴 맥주의 주원료가 물일 터이니 공장마다 물의 질에 따라 맥주의 맛이 달라지는 것은 당연한 일이겠지. 칭다오에서 생산되는 칭다오맥주도 1공장부터 5공장까지 각 공장에서 생산되는 맥주마다 그 맛이 조금씩은 다르다. 칭다오맥주를 마실 때마다 병이나 캔에서 생산된 곳을 확인하며 마시게 되는데 잘 만나기는 어렵지만 1공장 즉 등주로 공장에서 만든 것이 가장 맛이 깔끔하다. 독일 사람들이 청다오 외곽 지역에서 지하수를 확인하여 맥주 만들기에 가장 이상적인 장소를 찾은 것이 등주로 공장일 터이니 그건 어떤 면에서 당연한 것인지 모르겠다.

칭다오맥주 공장과 100주년 기념 안내판

등주로에 있는 칭다오맥주 공장에는 현재도 맥주를 생산하고 있지만 공장의 일부를 칭다오맥주박물관으로 만들어 운영하고 있다. 칭다오맥주의 역사에서부터 칭다오맥주를 만드는 과정을 전부 보여주면서 생맥주가 생산되는 것을 보여주고는 생맥주 한 잔을 모든 과정을 다 보여준 다음에 병맥주 한 병씩을 시음용으로 제공한다. 자신들이 만든 맥주에 대한 자부심을 보여주는 듯하다. 일본이 1914년에 1차로 칭다오를 침략했을 때 그 기술을 일본으로 옮겼고, 그것이 아사히 맥주의 시작이라는 설명을 읽은 적이 있는 데, 한국의 오비맥주나 크라운 맥주가 또 일본의 아사히 맥주나 기린 맥주를 모방한 것이니 동아시아의 맥주의 역사는 칭다오에서 시작하였다 하여도 과언이 아닌 것 같다.

2005년 12월에 학술대회 참석차 칭다오에 와서 우공, 남계와 칭다오맥주박물관을 관람을 했을 때 입장료가 50위안이었는데 현재도 그 정도 입장료를 받는 모양이다. 중국의 관광지에 가면 어디나 입장료가 조금 과하다 싶게 비싼데 칭다오맥주박물관도 예외는 아니다. 하지만 박물관 안에서 알게 되는 맥주의 역사와 생산 과정 그리고 신선한 등주로 공장에서 생산된 생맥주와 병맥주를 몇 잔 마셔볼 수 있다는 점에서 다른 곳보다는 관람료가 조금 싼 것이 아닌가 하는 생각을 하게도 된다.

칭다오맥주박물관 정문 앞에는 좌우로 등주로를 따라 길 양편으로 800미터 정도 맥주를 파는 집들이 이어진다. 이 지역 맥주집에는 칭다오맥주 공장에서 파이프라인으로 각 맥주집에 생맥주가 공급된다는 속설이 있기는 하지만 그것은 사실이 아닌 것 같고, 가장 맛있는 맥주인 1호 공장에서 생산된 생맥주를 가장 단시간에 공급받아 손님들에게 제공되기 때문에 다른 어느 지역의 맥주집보다 신선하고 맛있는 맥주를 공급할 수 있는 것 같다.

이 맥주거리는 칭다오 관광지도에 '피주가(맥주거리)'라고 나올 정도로 칭다오의 명소로 자리 잡았다. 칭다오에 관광하러 온 사람들이면 누구나 한 번은 들르고 또 칭다오 사람들도 맥주를 마시기 위해 이 거리에 자주 나오다 보니 해질녘이 되면 이 지역에 사람이 넘쳐흐른다. 짧은 시간에 이렇게 맥주가 많이 소비되다 보니 손님들에게 제공되는 맥주가 더욱 신선할 수밖에 없고, 또 원래부터 다른 지역보다 신선한 맥주가 공급되고 이러다 보니 이 거리는 맥주 맛에 관한 선순환한 구조가 이루어져 더욱 유명세를 타게 되는 것 같다.

피주가에는 이런 맥주집이 줄을 서 있다

처음 칭다오 맥주거리에 나갔을 때 맥주집으로 이어지는 동네 여기 저기를 두리번거리다가 조금 깨끗하고 조용한 집을 골라 들어갔는데 값도 싸지 않고 맥주 맛도 그리 신선하지를 않았다. 역시 손님이 몰리는 집이 좋은 집이라며 집을 옮기니 대부분 집들이 거리에 차려둔 자리는 물론 가게 안까지 모두 손님으로 가득 차서 이삼십 분 정도 기다려야 자리가 배정될 수 있고 또 안주거리도 밀려서 엄청 시간이 걸린단다. 결국 함께 간 조군이 며칠 전 친구들과 가 보았다는 집을 찾아갔는데 역시 길가에는 자리가 없고 실내에 들어가 겨우 빈자리 하나를 차지할 수 있었다. 집안의 장식이나 분위기가 그런대로 괜찮은데도 여름이라 손님들은 전부 길가에 있는 탁자로 몰리는 모양이다.

두 집을 다니며 일만 씨씨가 조금 넘는 맥주를 마시고 안주 겸 저녁 식사로 해산물과 양고기 꿰미들을 제법 여러 접시 먹었는데도 200위안이 조금 넘을 뿐이다. '피주가'라는 유명세로 값이 비교적 비싼 지역인데도 이 정도 가격이니 외국에서 온 관광객들이 칭다오에 와서 맥주를 찾게 되고 특히 이 맥주거리를 찾는 것은 당연한 일이라는 생각이 든다. 몇 년 전인가 인천공항에서 만난 한국인 젊은이가 단지 맥주 축제를 구경하고 칭다오맥주를 원 없이 마시기 위해 주말에 삼박사일로 칭다오 여행을 간다고 했던 말이 떠올랐다. 한국에서 수입된 칭다오맥주를 마시는 것을 생각하면 항공료가 비싸지 않을 수 있을 것 같기도 하다. 더구나 한국에서 팔리는 칭다오맥주는 칭다오에서 생산되지 않았을 수도 있고 등주로 1호 공장에서 생산된 것일 리 만무하다는 것을 생각하면 말이다.

칭다오의 맥주거리의 유명함은 이번에 연변에 가서 더욱 확실히 알게 되었다. 연변대학에 근무하는 맥주꾼 우상렬 교수와 김경훈 교수가 내가 이번 학기 중국해양대학에 있다니까 겨울방학에 한 번 놀러 갈 테니 맥주거리로 안내를 하란다. 너무나 자주 이야기를 들었는데도 아직 가보지 못해 늘 아쉬웠다는 것이다. 연변에 있는 맥주꾼들조차 칭다오라면 이 맥주거리를 떠올릴 정도이니 이 거리가 날로 번창하는 것은 너무나 당연한 일이다. 처음 칭다오맥주박물관 앞에 몇 집 있던 맥주집들이 번창하여 몇 년 사이에 이렇게 맥주거리로 확장된 것도 이러한 유명세의 덕이 아니겠는가.

칭다오에 오면 들러봐야 할 관광지가 적지 않지만 이곳 맥주거리 역시 저녁에 꼭 한 번 가 보아야 할 명소 중의 명소이다.

팔대관 풍광의 매력

칭다오에 관한 모든 여행 안내서에 반드시 가 보아야 할 답사지로
꼽히는 팔대관과 화석루는 이전에 칭다오에 와서 이미 둘러보았지만
오래된 서구식 건물이 많고 오래된 가로수와 작은 공원들이 아름다운
팔대관은 한 번 제대로 답사하면서 사진을 찍고 싶은 장소였다. 그러
나 칭다오에 도착하고 나서 처음에는 너무 더워서 답사할 엄두가 나지
않았고, 계절이 좋은 때는 바쁘다는 핑게외 삼십분 이싱 걸어가야 한
다는 것이 귀찮다는 이유로 구 칭다오 지역에서 유일하게 답사를 하지
않고 버려두었었다. 그러다 보니 택시나 버스를 타고 팔대관 옆을 지
나거나 버스가 무승관로 정거장에 설 때마다 조금이라도 자세히 볼 욕
심에 창에서 눈을 떼지 못하곤 하였다.

늦가을 어느 날 점심식사를 한 후, 김윤태 선생이 날도 오랜만에 따
스한데 팔대관을 답사하지 않겠느냐기에 카메라를 챙겨 들고 커다란
기대 속에 걸음을 나섰다. 중국해양대학 정문을 나서서 대학로 정류장
에서 시정부 쪽으로 가는 버스를 타고 노신공원, 해수욕장, 중산공원

을 지나면 팔대관의 하나인 무승관로 정류장이다. 독일이 칭다오를 지배했을 때부터 시가지를 벗어난 곳, 구 칭다오 지역의 가장 큰 산인 태평산이 태평만으로 빠져들어 가는 풍광이 아름다운 이곳은 별장 지역으로 선호되었던 모양이다. 이후에 일본이 칭다오를 점령하였을 때 본격적으로 서구식 건물들이 지어지고, 중국이 다스리는 시기에도 이곳은 별장 지역으로 발전하였고 점차 요양을 위한 지역으로 그 성격이 변화한 모양이다. 기후가 온화하고 바다를 끼고 있는 칭다오에는 현재 수많은 요양소들이 들어와 있지만 특히 이 부근은 요양 시설들이 밀집되어 있다. 이곳을 지나는 버스 정류장이 일료(一療), 이료(二療)인 것만 보아도 이 지역의 성격을 알 만하다.

이 지역이 팔대관이라 불리는 것은 사실 큰 의미는 없다. 중국 도시의 거리 이름이 중국 전역의 도시 이름이 붙는 것이 일반적인데 이곳을 지나는 길들에 만리장성의 여덟 개 관의 이름을 사용하였기에 여덟 개의 관 이름이 붙은 동네란 뜻으로 팔대관이 되었을 뿐이다. 하지만 이 지역이 처음 개발될 때부터 별장으로 개발되어 돈 많은 사람들이 멋진 서구실 건물을 지었고 또 도로나 공원도 건물의 품격에 맞추어 조성하다 보니 서구적인 느낌이 많이 나는 칭다오에서 특히 서구의 어느 아름다운 도시를 보는 듯한 느낌을 준다. 팔대관에 있는 건물들 하나하나가 아름답고 의미 있는 건물이다 보니 대부분의 건물들이 시에서 관리하고 있고 또 근대 유적으로 지정되어 있기도 하다.

이렇다 보니 이곳은 사진을 전문으로 하거나 취미로 하는 많은 사람들이 찾아와 촬영을 하여 언제나 사람들이 줄을 잇는다. 무승관로에서 내려 화석루 방향으로 걸어내려 가는데 커다란 카메라를 든 사람이 가끔씩 눈에 뜨이고, 여기저기 신혼 사진을 찍으러 나온 사람들이 줄을 지어 돌아다닌다. 중산로 성당이나 잔교 그리고 노산 등에서 보았던 풍경이

109

여기서도 이어진다. 결혼하려는 사람들이 사진의 아름다움을 위해 찾아온다는 것은 이곳이 그만큼 아름답다는 것을 뜻하는 것 아닌가 생각을 하며 주위를 두리번거리며 화석루를 찾아 바다 쪽을 향해 내려갔다.

화석루는 바다 옆 작은 언덕 위의 석조 건물

일제가 처음 칭다오를 점령했을 때 부자들이 지은 별장들과 민국 시대에 지어진 건물들이 잘 가꾸어진 공원들과 연못들 그리고 울창한 가로수들이 이국적인 풍광을 이룬다. 길이 바다로 이어지기에 빈해로를 따라 절벽 밑을 걸어 화석루(花石楼)에 도착하였다. 화강암으로 작은 고대 성루처럼 지어진 이 건물은 1932년 러시아에서 칭다오로 이주해 온 사람이 지은 것으로 장개석이 이곳에서 두 번이나 머물렀다고 하여 주석루(主席樓), 장개석루(蔣介石楼)라고도 하는데, 대만과 적대적인 관계였을 때는 그렇지 않았겠지만 지금은 많은 사람들이 주석루라 부르기도 한다.

화석루에서 바다를 바라보아 오른쪽 넓지 않은 백사장은 칭다오 제2해수욕장이다. 화석루 바다 쪽 출입구 앞에 긴 방파제를 쌓고 출입구를 만들어 해수욕장 출입이 어렵게 만들어 두었다. 사람들이 몰려드는 여름에 칭다오에서 유일하게 입장료를 받는 이 해수욕장에 들어오는 사람들에게 돈을 받기 위한 시설인 듯하다. 방파제를 따라 바다 쪽으로 나가보니 오른쪽에 회천만의 끝인 회천각이 왼쪽으로 태평각이 바다를 향해 길게 뻗어 태평만의 풍광을 돋운다. 사진을 찍는 사람, 낚시를 하는 사람들 사이를 걸어 다니다 해안 쪽으로 돌아오다 보니 이 해수욕장은 방파제를 쌓는 바람에 오히려 해수의 순환을 막은 듯 방파제 밖에 비해 물이 상당히 탁하다. 해수의 흐름을 막으면 안 되는데 왜 이곳을 긴 방파제로 막아버렸을까 아쉬움을 느끼면서 바닷가로 나왔다.

화석루는 김 선생도 들어가 보았다기에 화석루의 외부만 둘러보고, 정문에서 바다를 끼고 이어지는 산해로로 들어서니 규모가 아주 큰 건물들이 이어진다. 민국 시대인 1936년에 지어져 1957년에 유소기가 살았다는 산해관로 5호는 아담한 서구식 건물이다. 그리고 그 옆에 자리한 일본의 2차 침략기인 1943년 지어져 1947년 미국 영사관으로 사용되었고 중국 건국 후에는 영빈관으로 사용되어 주은래, 유소기, 등소평 등 중국공산당 간부들이 칭다오에 들렀을 때 머물렀다는 산해관로 9호는 입구부터 거창하여 그 규모를 알 수가 없다. 입구에서 길게 찻길 양 옆으로 예쁜 화단이 조성되어 안에는 복무원들이 보이기는 하지만 호텔이라 하기에는 너무나 조용한 것이 국가 간부들이 칭다오에 와 휴양을 하는 곳인 듯하다. 안에 들어가 보는 것은 포기하고 밖에서 몇 장의 사진을 찍고는 공주루(公主樓)를 보기 위해 정양관로를 따라 거용관로 쪽으로 올라갔다.

공주루는 1920년대 덴마크의 왕자가 칭다오에 왔을 때 이곳 태평만의 경치에 탄복하나 왕자가 덴마크 영사관에 명하여 지은 고딕 양식의 건물인데 이후 덴마크의 공주들이 이곳에 와서 피서를 즐겼다 하여 공주루라는 이름이 붙었다고 한다. 정양관과 거용관이 만나는 것에서 아무리 공주루라는 안내판을 찾아도 눈에 뜨이지 않길래 짙은 남색으로 칠한 뾰죽한 첨탑을 가진 병원 건물 앞에서 혹 이 건물이 아닌가 하여 병원에 배달을 온 기사에게 물어보니 공주루가 맞단다. 국가급 전통 건물을 병원으로 용도를 변경하였다는 것이 이해가 가지 않는다. 누군가 글에 팔달관에서 공주루를 도저히 찾을 수 없었다더니 그런 이유에서인가 보다.

팔대관에는 아름다운 도로들이 많다

푸른빛으로 빛나는 공주루는 찾기가 어렵고

　팔대관을 돌아다니다 보니 바다 쪽부터 뒤로 오면서 점차 지은 시기가 뒤로 와서 1920년대부터 1940년대까지 지어진 건물들이 주를 이룬다. 주로 별장으로 지어진 듯한 건물들과 휴양소나 초대소로 지어진 듯한 건물들이 지금은 관광객들에게 유료로 입장시키는 화석루를 제외하고는 대체로 음식점, 호텔, 그리고 국가에서 운영하는 초대소 등으로 쓰이고 많은 건물들은 병원이나 요양소로 사용되고 있다. 역사적으로 보존할 가치가 있는 건물들을 그냥 박제처럼 바라만 보는 것이 아니라 현재 필요한 용도로 사용하면서 보존하는 것은 참 지혜롭다는 생각을 하게 된다. 건물이란 사람이 살면서 가꾸어야 그 수명이 늘어나는 법이라니 더욱 지혜로운 유적의 보호라는 생각을 지울 수 없다.

다만 오래 된 멋진 건물에 어울리지 않는 커다란 간판이나 조명은 아무리 그것이 필요로 하는 장치라 하더라도 좀 자제하여야 할 것 아닌가 하는 생각을 버릴 수 없었다.

건물 답사를 마치고는 한가로이 길을 걸어 보기로 하였다. 이차선 찻길들이 오래된 건물들 사이를 작은 언덕을 오르내리며 길은 비교적 바르게 벋어 있다. 아스팔트로 덮인 길보다는 길 주의의 가로수가 인상적이다. 겨울의 을씨년스러운 풍경이지만 몇몇 길은 가로수로 상록수를 심어 길이 굽어 사라지는 가로의 모습이 인상적이다. 길을 끼고 돌면 태평만 바다가 나타나고 하얀색, 노란색의 멋진 건물들이 시선을 잡아끈다. 또 팔대관 여기저기 만들어둔 작은 공원과 호수들은 추운 계절이라 둘러보기에 벅차지만 꽃피는 계절에 오면 앉아 쉬고픈 생각이 절로 날 듯하다. 가로수가 예쁜 임회관로를 따라 걸어내려 오니 태평만 바다를 만난다.

빈해보행로를 따라 동쪽으로 조금 걷다보니 건물 사이를 지나 갑자기 탁 트인 바다가 나타난다. 부산만 동쪽 끝 제3해수욕장이다. 쌀쌀한 날씨인데도 적지 않은 사람들이 바다에 나와 수영을 하고, 웃통을 벗어 붙이고 백사장에서 공놀이를 하고 있다. 며칠 춥더니 오늘은 영상으로 기온이 올라가 놀러들 나온 모양이다. 여기서부터는 근대 서구의 도시 풍경을 벗어나 가장 현대적인 칭다오의 모습이 시작된다. 해도원 작은 공원이 뒤쪽은 초현대식 건물들이 즐비하고 바닷가에는 하늘 높은 줄 모르고 아파트가 솟아오른다. 또 탁 트인 바다는 석벽으로 단절되어 조수가 빠져나가가야만 계단을 거쳐 물 빠진 바다를 밟아 볼 수 있는 인공적인 공간이다.

태평각을 경계로 반세기 정도로 그 풍광이 달라지는 것을 느끼며 두 시간이 넘는 답사를 마치기로 하였다.

시민들의 멋진 휴식 공간
중산공원과 백화원

　구 칭다오 시가에서 시정부가 있는 신시가지로 가기 위해 바다를 따라 조성된 노신공원을 지나 바다를 따라 이어지는 수족관 해저세계를 지나면 칭다오 제1해수욕장이 나타난다. 회천만 경구라 불리는 이 지역에 이르면 오른편으로는 잘 다듬어진 넓은 회천광장과 천태 체육장이 왼편으로는 숲이 나타나는데 이곳이 칭다오 시민의 대표적인 휴식 공간인 중산공원이다. 이 숲은 독일인들이 칭다오를 점령한 후 시민들의 휴식공간이 필요해 1901년부터 조성되었고, 이후 일본인들이 칭다오를 점령하여 공원을 확장하며 심고 가꾼 것으로 자연림은 아니지만 수백 종의 나무들이 우거져 공원의 풍모를 더해준다.

　원래 이 지역은 독일이 칭다오를 지배하기 이전부터 300가구 정도의 어민들이 고기잡이를 하며 살던 회전촌이 있던 자리이다. 독일이 조차지로 칭다오를 개발할 때부터 바닷가 쪽 팔대관 지역은 별장 지역으로 이 지역은 공원으로 설계하였고, 이후 일본이 지배하면서 본격적으로 시민공원으로 개발되었다. 독일과 일본에 의해 새로 조성된 시가의 동쪽 끝자락에 위치한 이 공원은 바다의 풍광도 아름답고 또 태평산 산자락을 타고 작은 경사가 이어진 지역이어서 도시민들이 가족 단위로 놀러 나와 쉬기에 적절한 위치였을 것으로 생각된다.

중산공원은 시민들을 위한 공간이다. 가족 단위로 즐길 수 있는 작은 규모의 다양한 놀이기구, 제법 큰 규모의 동물원과 식물원, 사람들이 한가하게 쉴 수 있는 작은 연못들과 보트놀이를 할 수 있는 큰 연못, 중산공원 중앙에 자리한 태평산 전시탑과 그곳으로 오를 수 있는 리프트와 등산로, 자연스럽게 조성해 둔 산책로, 여기저기 잘 가꾸어진 작은 정원과 정자 그리고 그곳에서 자연스레 이루어지는 공연 등 가족 단위로 또 연인끼리 나와도 충분히 즐길 수 있는 시설이 잘 가꾸어져 있다. 더욱이 제국주의 시절에 개발된 이곳 중산공원에는 태평산 외곽으로 독일인들이 만든 포대와 보루가 산재해 있어 서쪽으로 이어지는 청도산 포대와 함께 식민지 시대의 아픈 역사의 흔적을 답사하는 코스의 출발점이 되기도 한다.

중국 어디에 가든 중산이란 이름이 있어 중국 근대화의 아버지인 손문 선생을 기리듯이 이 공원의 입구에 들어서 조금 나아가면 손문 선생 석상이 웅장하게 서 있다. 이곳이 중산공원의 중심이다. 중산 선생 석상 근처에 원래 이곳의 주민들이 살았던 회전촌의 흔적을 남아 있고 그 앞에는 상당히 큰 규모의 음식점 지구가 펼쳐지고 왼편으로는 작은 놀이기구들이 오른편으로는 너른 풀밭과 산책로가 이어진다. 이 지역은 중산공원의 중심으로 언제나 사람들이 들끓는다. 이곳에서 출발하여 중산공원 안의 여러 곳을 찾아볼 수 있지만 무엇보다 석상 앞에 자리한 회전촌의 흔적들을 볼 만하다.

실상 회전촌 유지에는 마을이 사라진 지가 100년이 넘어 당시 사람들이 살던 흔적으로 남아 있는 것이라고는 별로 없다. 그러나 공원 측에서는 회전촌 유지를 따로 담을 둘러 관리하고 있고 당시의 흔적을 최대한 살려 시민들이 이곳이 바다로 이어져 고기잡이 하던 사람들이 살던 모습을 느낄 수 있도록 해 주고 있다. 현재로서는 이곳에 마을사 람들이 살던 정경을 상상이라도 할 수 있겠는가마는 잔교 앞에 있는 천후궁에서 본 20세기 초 바다에서 바라본 칭다오 어촌 모습을 찍은 사진을 생각하며 이곳에 주민들이 복대기며 살았을 옛 모습을 상상해 보는 것만으로도 즐겁다.

중산공원 입구에 버티고 있는 손중산 석상

회전촌 유지는 황량하기 이를 데 없다

중산공원의 여기저기를 둘러보았으면 연안1로 쪽 후문 방향으로 길 건너에 있는 백화원 명인조상에 꼭 가보아야 한다. 중산공원에서 청도 산 포대박물관으로 이어지는 좁은 지역에 있는 이 공원은 이름 그대로 인공적으로 잔디밭을 조성하고 엄청나게 많은 꽃과 나무를 심고 폭포 와 개울을 만들어 작지만 아름답고 자연스러운 정원을 조성한 곳이다. 사시사철 꽃이 피어 아름답기도 하지만 이 공원은 무엇보다 공원의 이 름에서 알 수 있듯이 칭다오를 거쳐 간 문화예술인과 학자들의 조각상 을 세워 그들을 기리고 있는 점이 인상적이다. 칭다오는 역사가 그리

118

길지도 아니하고 중화인민공화국이 수립되기 전 대부분의 시간을 외세의 침탈을 받은 곳이어서 자랑할 만한 인물이 그리 많지는 아니하다. 그러나 청도대학과 산동대학 그리고 해양대학으로 이어지는 대학의 역사가 있어 중국의 많은 문화예술인이 칭다오를 거쳐 갔고 그들을 기리기 위하여 많은 조각상들을 세운 것은 칭다오 시 당국의 높은 문화 수준을 보는 것 같아 반갑다.

회전촌 유지에 남아 있는 몇 안 되는 유물

청다오에 있으면서 백화원 명인조상은 내 숙소에서 언덕을 넘으면 올 수 있는 아주 가까운 곳에 위치하여 수도 없이 자주 찾은 곳이기도 하다. 추운 날씨이기는 하였지만 공원의 이곳저곳을 돌아다니면서 노사, 문일다, 심종문, 홍심 등 근현대 예술인의 모습을 확인하고 청다오를 거쳐간 학자들의 조상을 보고 그 설명을 읽는 즐거움이 적지 않았다. 더욱이 지난 봄 청다오를 찾았을 때 꽃이 만발한 백화원 명인조상을 거닐면서 만발한 꽃 사이에 숨어 있는 조상들을 찾아보면서 다시 한 번 이 공원의 아름다움과 가치에 감탄하지 않을 수 없었다.

청다오 사람들이 보트를 타는 뒤에 자리한 태평산

노사 선생은 백화원 명인조상 벤치에 앉아 쉬고 있다

　중산공원과 백화원 명인조상, 이에 이어지는 청도산 공원과 소어산 공원 그리고 회천만 바닷가 길을 따라 조성된 노신공원은 칭다오의 아름다운 풍광을 만끽하게 해 준다. 이 글을 쓰다 보니 칭다오에 있으면서 몇 번이고 생각은 해 보았지만 시도해 보지 못한 칭다오 바닷가를 따라 조선된 빈해보행가(濱海步行街)를 따라 잔교가 있는 청도만에서부터 회천만, 태평만, 부산만을 거쳐 맥도까지 아니 힘이 닿는다면 더 동쪽으로 석노인까지 이르는 멋진 길을 걸어 보고 싶어진다. 이런 꿈을 꾸다 보니 중산공원과 태평산을 중심으로 한 칭다오의 산과 바다의 아름다움이 더욱 눈에 선하다.

황도 답사를 마친 소회

칭다오 부두를 떠난 카페리는 안개 낀 교주만을 천천히 건너간다. 물살이나 바람을 느껴보면 속도가 느린 것은 아닌데, 안개 속이라 그런지 속도감이 전혀 느껴지지 않는다. 20분 정도 걸려 황도의 설가도 부두 쪽으로 다가가니 엄청난 크기의 무역선들이 여기저기 정박해 있는 것이 칭다오 시정부에서 지정한 경제기술개발지역답다. 배에서 내려 출구를 나서는데 청도이공대학 장춘매 선생이 기다리고 있다가 손을 흔든다. 부두에 걸려 있는 커다란 간판에 보세가공 지역을 적극 개발하여 황도를 자유무역항으로 발전시키자는 문구가 급격히 변해가는 황도의 현 위상을 알게 해준다. 사년 전 장 선생이 청도이공대학에 발령 받아 올 때만 하여도 황도 거의 전 지역이 황량한 벌판이었다는데 공터 사이에 여기저기 높은 건물들이 서 있는 도시의 면모를 보니 그랬을 듯하다.

인사를 나누자마자 택시를 타고 제일 먼저 금사탄으로 방향을 잡았다. 황도에 오면 반드시 가 보아야 한다는 금사탄. 원형 항아리처럼 생긴 교주만 서쪽 입구에 해당하는 황도에 황해 바다 쪽으로 학이 날개를 펴듯 붙어 북동쪽으로 뻗어나간 설가도만과 남서쪽으로 당도만을 끼고 있는 섬 아닌 섬 봉황도는 섬 전체가 봉황도풍경구로 지정되어 있다. 바다 풍경이 아름다운 봉황도에는 금사탄으로부터 남서 방향으로 석작탄, 은사탄, 연삼도, 월아만 등 절경이 이어진다. 이 중에서 금빛 모래가 넓게 펼쳐지는 완만한 해수욕장인 금사탄은 황도 뿐 아니라 칭다오 전체에서 가장 아름다운 모래사장으로 소문이 나서 수많은 피서객들을 불러 모은다.

금사탄은 바다까지 가기 힘들 정도로 백사장이 넓다

택시에서 내려 금사탄 표지를 따라 조금 걸어 가다보니 깨끗하게 차려진 미식가 즉 먹자골목이 나오고 이어지는 잘 꾸며진 공원을 지나 바닷가로 나가니 '아!' 하는 소리가 절로 나온다. 삼백 미터가 넘는 금빛 모래가 바다를 따라 십리 남짓 펼쳐져 있다. 철이 조금 지났지만 바다에는 비치 파라솔 아래 탁자와 의자가 즐비하다. 왜 금사탄이란 이름이 붙었는지 알 만하다. 완만한 모래사장과 바다에는 아직도 많은 사람들이 마지막 더위를 즐기고 있다. 신과 옷을 준비 못한 탓에 모래사장에 내려서지는 못하고 바닷가로 난 길을 따라 한참을 걷기만 하는 것이 조금은 안타깝다.

11차 중국 체전을 칭다오에서 개최하였는데 해변에서 하는 모든 경기들을 황도에서 진행한 모양으로 선수촌과 경기장 등이 잘 가꾸어져 있다. 모래밭이 끝난 곳에 잔디밭을 만들고 그 사이에 바닥에 나무를 깔아 보행로를 만들어 사람들이 바닷가를 마음 놓고 걷게 만들고, 곳곳에 바다를 바라볼 수 있는 공간이나 정자를 지어둔 것은 칭다오의 청도만이나 회천만 등지의 빈해보행가와 흡사하다. 현재 보는 바와 같이 바다를 끼고 잘 다듬어진 공원이나 빈해로, 봉황도를 상징하는 듯한 금빛 봉황상, 젊은이들이 모여 공연을 할 수 있는 풍범공원 등이 모두 체전의 유산이 아닌가 싶기도 하다. 해변을 따라 걷다가 놀이동산이 시작되는 곳에서 돌아 나왔다.

안내를 맡은 장 선생이 어디가 더 보고 싶냐기에 황도에 제나라 시대에 쌓은 장성이 남아 있다는데 그것을 보고 싶다니까 버스를 타잔다. 청도이공대학 앞을 지나 몇 정거장 안 가서 버스에서 내렸다. 황도구 정부 청사 앞이다. 칭다오 시정부도 어마어마하고 그 앞에 바다까지 이어지는 오사광장도 엄청나지만 이곳 황도 구청사도 청사 건물은 물론 청사 앞에 엄청난 규모로 만들어 둔 분수공원이 놀라움을 금치

못하게 한다. 구 청사에서 큰 길까지만 아니라 큰길을 건너 몇 백 미터
를 공원으로 조성하고 아름다운 분수로 장식해 두었다. 드넓은 공원의
끝에는 음악에 따라 분수의 모습이 변하는 아름다운 분수를 중앙에 안
치한 멋진 공원과 공연장 그리고 그 뒤로 산책로를 만들어 두었다.

황도 구정부 앞의 넓디넓은 광장은 시민의 공간인가

이곳이 황도의 인공공원으로는 가장 아름다운 곳으로 이 지역의 명
물이 되어 수많은 신혼 인파들이 모여 사진을 찍고 많은 시민들이 여
기저기 모여 앉아 즐기고 있다. 공원을 만든다는 것은 일정한 공간을
특색 있게 꾸며 시민들의 휴식 공간으로 제공된다는 점에서 매우 뜻있
는 일이다. 맨해튼의 황량한 건물 사이에 센트럴 파크를 만든 것이나,

125

아스팔트로 덮인 여의도 광장을 수목 공원으로 만들어 시민에게 휴식 공간을 만든 것은 찬양할 일이다. 하지만 중국의 경우 어느 도시를 가나 정부 청사를 엄청난 규모로 짓고 그 앞의 한두 블록에 거대한 규모의 공원을 세우는 것은 아무리 시민을 위한 일이라 하지만 공무원들의 권위주의적 사고의 일면을 보는 것 같아 떨떠름하다. 그것도 인민을 위해 복무한다는 사회주의 국가에서.

공원을 둘러보고 노함형주점(老咸亨酒店)에 가서 점심식사를 하였다. 집도 깨끗하고 규모도 크고 값도 저렴하고 음식도 맛있는 그야말로 사박자를 다 갖춘 기가 막힌 음식점이다. 장 선생네 학과 교수들이 자주 이용하는 식당이라는데 황도의 명품식당으로 손색이 없다는 생각을 하게 되었다. 조금은 많은 듯한 음식을 거의 다 먹어치우고 버스 편으로 제장성로로 이동했다. 내가 사진으로 본 것보다는 초라한 모습에 최근에 새로 지은 모습이 너무나 선명한 제장성의 봉화대를 보니 실망이 크다. 전국시대 제나라의 동쪽 끝이 이 황도 지역이었는데 바다가 인접한 강가까지 장성을 쌓고 봉화대를 설치한 것이 바로 이곳이다. 바닷가에 배를 대기 어려웠던 옛날에는 강을 따라 들어온 포구에 항구가 개발되고 시장이 만들어졌을 터. 이곳을 지키기 위해 만들었을 봉화대에 올라보니 강 쪽으로 넓은 지역을 개간하여 엄청난 규모의 공단을 만들었다. 공장들 사이로 보이는 작은 강물을 보는 것으로는 옛 모습이 상상되지는 않지만 멀리 아스라이 보이는 강과 바다를 보며 전국 시대의 이곳을 상상해 보는 것으로 만족하여야 했다.

장성봉화대를 답사하고 나오자 장 선생은 바다를 한 곳 더 보잔다. 내 생각으로는 이곳에서 서쪽으로 제법 떨어진 소주산(小珠山)에 남아 있는 제나라 장성을 보고 싶었으나 실제로 가보면 산을 따라 있어 보기도 어렵고 또 별로 볼 것도 없다는 말에 장 선생의 의견에 따르기로 했다. 택시를 타고 시정부 옆을 지나니 청도이공대학에서 멀지 않은 당도만이다. 당도만은 봉황도와 황도 사이에 있는 작은 만인데 황도 쪽 해변을 공원으로 잘 정비해 두었다. 아직은 황도 자체가 그리 많이 개발되지 않았고 특히 당도만 부근이 개발예정지인 탓에 사람들도 많이 찾지 않고 식당이나 가게 그리고 놀이시설들도 별로 없어 썰렁하다. 하지만 바닷가에 산책로를 만들고 공원도 예쁘게 꾸며둔 것이 앞으로 이 지역이 개발되면 시민들의 휴식공간으로 손색이 없을 듯하다. 먼 미래를 대비하여 도시를 개발하는 단계에서 미리 공원을 만들어 두는 안목이 약간 부럽기도 하다.

제나라 장성은 너무나 말끔해 감동이 없고

말끔히 정리된 공원은 사람이 없어 쓸쓸하다

　　당도만 여기저기를 돌아보고 다시 큰길로 돌아나오니 아직은 택지
조성만 해 둔 지역이라 8차선 너른 길에 차도 별로 다니지 않고 버스도
없고 택시는 구경조차 할 수 없어서 청도이공대학 정문까지 십여 분을
걷기로 했다. 당도만에서 큰길을 따라 시가지 방향으로 걸어오다 보니
이 지역은 새로 택지로 개발되어 을씨년스러운 곳과 이전을 앞두고 관
리를 하지 않아 퇴락해버린 건물들이 너른 길 양편으로 이어진다. 황도
가 경제기술개발지역으로 지정되면서 급속히 도시가 팽창되는 관계로
황도지역의 변두리였던 이 지역은 택지로 부상이 되어 개발되고, 미리
이 지역에 터를 잡았던 청도이공대학은 다른 지역으로 이전을 하기로

결정되어 학교 외곽에 관리가 덜 된 부분이 많이 남아 있는 탓이란다. 새로 개발되는 도시의 어수선함이 그대로 묻어나는 이곳도 몇 년 후에 오면 저 앞에 보이는 시가지처럼 화려한 모습을 갖추게 되겠지.

몇 년 사이의 급격한 개발로 몸살을 앓는 황도를 둘러보고 청도이공대학 앞에서 부두로 돌아오는 버스를 기다리면서 한국이 불과 얼마 전에 하루가 다르게 변화하였던 그 모습을 떠올렸다. 그와 동시에 급성장하는 중국을 다시 한 번 두려운 마음으로 생각해 보지 않을 수 없었다.

낭야대, 진시황의 욕망

칭다오에서 생산되는 대표적인 술이 칭다오맥주이다. 칭다오에 와서는 그 유명세에 의해 칭다오맥주를 먹느라 다른 술은 잘 찾지 않게 된다. 그러나 칭다오에서도 유명한 백주가 생산되는데 그 이름이 '낭야대'이다. 칭다오에 온 이후로 저녁에 회식을 하게 되어 백주를 마시게 거의 언제나 낭야대를 찾는다. 칭다오 시 교남현에서 생산되는 이 술은 칭다오맥주와 즉묵에서 생산되는 황주인 즉묵로주와 함께 칭다오 지역의 가장 유명한 술의 하나이다. 그런데 낭야대라는 이름이 어떤 지명을 말하는 것 같아 찾아보니 교남의 황해 바닷가에 있는 절벽으로 진시황이 꼭대기에 행궁을 짓고 석 달 간인가 체류하기도 하고 세 차례나 이곳을 찾았다는 아주 유서 깊은 곳이다. 해양대학 교수들 중에도 낭야대를 답사해 본 사람이 없기에 낭야대 가는 중도의 황도에 살고 있는 청도이공대학 장춘매 교수에게 이야기하여 12월 3일 함께 답사하기로 하였다.

약속한 날 아침 일찍 눈을 뜨자마자 여장을 준비하여 일곱 시 조금 넘어 숙소를 나섰다. 시내버스를 타고 부두에 도착하여 설가도 행 배를 타고 보니 일곱 시 사십 분에 배가 출발한다. 장춘매 교수 말이 설가도 행 첫배는 여섯 시에 있고, 사십 분에 한 대씩 있다기에 여덟 시 배를 탈 요량으로 준비했는데 예상보다 한 이십 분 빨라진 것 같다. 배가 출발하기 직전 장춘매 교수에게 전화를 하여 설가도 부두에서 만나기로 하였다. 날이 차기는 하나 배 안에 앉아 있기는 답답하고 멀어져 가는 칭다오를 바라보다 보니 교주만을 지나 배를 수선하는 공장 지역을 지나 삼십 분만에 설가도 부두에 도착한다. 부두 앞 버스정류소에서 잠시 기다리니 장춘매 교수가 교남이 고향이라는 서홍연이라는 3학년 여학생을 데리고 왔다. 장춘매 교수도 낭야대는 이번이 초행길이라 이전에 그곳을 가본 경험이 있다는 교남현 출신 학생을 하나 데리고 왔단다.

버스 정거장 한 켠에서 서 있는 교남행 버스에 올랐다. 청도이공대학과 황도구 구정부 청사를 지난 버스는 바다를 끼고 삼십여 분을 달리더니 교남 터미널에 내려준다. 여기서 다시 낭야대진으로 가는 버스를 갈아타야 한단다. 내린 곳 건너편에서 표를 사고 버스에 오르니 다행히 바로 출발한다. 약간은 낙후된 교남의 구 시가지를 지나 일조 방향으로 곧게 뻗은 도로를 달리다 보니 왼편으로 대주산이라는 아주 멋진 산이 나타난다. 옆에 앉아 안내를 하던 서홍연 양의 말로는 대주산에서 나오는 돌이 좋아서 괴석으로 다듬어 판다는데 아닌게 아니라 길 양편으로 기암석각 판매점들이 죽 늘어서 있다.

길가의 팻말을 보니 대주산도 산동성에서 지정한 자연풍광구라 적혀 있는데 월출산 모양으로 바위가 삐죽삐죽 기이한 형상을 한 것이 물만 조금 풍족하다면 명산의 반열에 오를 수 있을 듯하다. 대주산을 지나 큰길을 십분 남짓 달리던 버스가 좌회전하여 큰길을 벗어난다. 이제부터는 국도를 벗어난 듯 이차선 길인데 가다 보면 포장이 안 되어 있어 울퉁불퉁, 나무들이 일렬로 서 있는 들판을 지나 아주 작은 언덕을 오르면서도 구불구불, 버스는 조금 전까지와 달리 전혀 속도를 내지 못하고 시간이 정지한 듯이 변화 없는 시골길을 느린 속도로 이동한다. 교남을 출발한 지 한 시간 정도 지난 뒤 버스는 낭야대진을 지나 조금 더 가서 한가한 시골 마을에 도착한다. 어촌인 듯 마을 여기저기에 생선을 말리느라 추운 날씨인데도 비린내가 제법 심하다.

버스는 낭야대 정문 앞까지 가는 것인 모양인데 손님이 우리 셋 밖에 없으니까 버스에서 내리게 하고는 삼륜택시(일명 빵차)를 태워준다. 손님이 많을 때는 낭야대까지 가지만 이 마을 안으로는 사람도 살지 않는데 우리 셋 때문에 버스를 움직이는 것이 싫어서 삼륜택시 비용을 버스기사가 내어주고 자기는 이 마을에서 회차를 하는 모양이다. 또 우리가 낭야대 답사를 끝내고 나와 삼륜택시 기사에게 전화를 하면 그리로 와서 우리를 태워 이 마을까지 데려다 준단다. 그러면 우리야 불편할 것이 없다는 생각에 버스에서 내려 삼륜택시로 이동하였다. 그런데 저간의 사정을 버스기사와 차장이 우리에게 이야기해 주는 동안 장춘매 교수는 잘 알아듣지 못하는 표정이고, 서홍연 양이 나서서 일을 처리한다. 삼륜택시를 타고 가며 장춘매 교수에게 물어보니 자기는 기사와 안내양이 하는 말을 전혀 못 알아들었단다. 길림성 백산 사람인 장춘매 교수는 산동 사투리를 전혀 알아들을 수 없다는 이야기이다. 교남현 출신의 서홍연 양을 데려온 이유가 보다 명확해진다.

삼륜택시를 타고 오 분 남짓 가니 낭야대 입구이다. 입장료는 일인당 오십 위안. 적지 않은 금액이다. 안으로 들어가 날은 조금 춥지만 슬슬 걸어서 구경하자고 말하고 안내 지도를 보니 계단도 많고 산도 가파르고 만만치 않을 것 같다. 다시 돌아나와 셔틀버스를 물어보니 전체 코스를 한 시간 남짓 돌아다녀주고 일인당 이십오 원이란다. 창문이 없는 차라 조금은 춥겠지만 해발 180미터 정도 높이에 있는 낭야대 정상까지 걷는 것은 보통 일이 아닌 듯하여 버스를 타기로 하니 일행이 우리 세 명 뿐인데도 아무런 불평 없이 움직여 준다. 날이 차서 걱정을 하니 두꺼운 국방색 돕바 같은 것을 입으라는데 추위도 그것을 덮어쓰기에는 너무 지저분하다.

모조품이나 유일한 진시황 석각이라는 역사적 의미

차는 낙엽이 다 떨어진 을씨년스러운 언덕길을 구불구불 느릿느릿 오르는데 눈 아래 보이는 바다 풍경이 가경이다. 언덕을 오르다 관룡각이라는 정자를 지나쳐 산 정상까지 쉬지 않고 올라간다. 일행이 우리뿐이니 내리고 타고 하기보다는 전체 코스를 편하게 답사시켜주겠다는 기사의 배려인 듯하다. 낭야대 정상에는 서복이 진시황에게 상서를 올리는 장면을 새긴 상당히 큰 규모의 석조상이 있다. 힘찬 석조상 앞에서 사진을 찍고 여기저기를 둘러보다가 군용 레이다 뒤에 세워진 진시황의 사적을 새긴 낭야대 석각을 둘러보았다. 원래 이 자리에 있던 진시황의 비석은 북경 박물관으로 옮기고 여기에 있는 것은 복제품이란다.

이 석각은 진시황이 세운 것 중 거의 유일하게 남아 있는 비석이다. 진시황이 열국의 문자를 정비하여 소전체로 모든 문서를 작성하게 하였다는데 이 비석의 소전은 그 대표적인 것으로 꼽히기도 한다지만 많이 마모된 데다가 전체를 잘 읽을 수 없는 내 수준으로는 읽을 엄두를 내지 못하였지만 글씨가 쓰여진 세 면에서 한 면에는 진시황이 이곳에 온 일을, 한 면에는 진시황의 업적을 적은 듯하다. 이천이삼백 년 전에 세운 비석을 바로 그 자리에서 비록 복제품이지만 보고 만지고 느낄 수 있다는 것만으로도 감격이었다.

주변에는 석각 중건 사적비가 몇 개 서 있고 멀리 서쪽 바다를 바라볼 수 있는 작은 공간도 마련해 두었다. 중건비를 둘러보고 돌아오다가 진시황이 이곳에 왔을 때 아니 그 후로도 많은 황제들이 이곳을 왔을 때 저 아래 관룡각 자리의 행궁에서 이곳 낭야대 정상까지 오르내렸다는 계단의 가장 윗부분을 둘러보았다. 어도(御道)라 불리는 이 계단은 황제가 다녔기에 그런지 가파른 언덕에 꽤 넓은 폭으로 계단을 만들었다. 이리로 황제들이 가마를 타고 오르내릴 때는 참으로 웅장한 모습이었으리라. 몇 가지 안 되는 정상의 답사거리들을 다 둘러보고 버스를 타고 내려오는 도중에 있는 낭야각석정 앞에 잠시 차를 세웠다. 일반적으로는 이 각석정을 살피지 않는 모양인데 낭야대와 관련된 사적을 적은 각석인 듯하나 글이 마모되어 읽기는 어렵다. 다시 차를 타니 언덕을 내려와 관룡각에 정차한다.

넓은 공터에 바다를 바라볼 수 있게 세워둔 관룡각은 진시황을 비롯한 황제들이 낭야대에 오면 쉬면서 바다를 내려다 본 정자라는데 1990년대에 다시 지은 것이지만 건물을 웅장하고 이층 누각에 올라가 내려다 본 낭야대 앞 바다 풍경이 장관이다. 이 건물에서 옆으로 나 있는 돌길인 어도가 낭야대 정상의 계단과 이어진다. 낭야대를 그린 그림을 보면 뾰족한 절벽 정상에 정자가 하나 있고 산 아래에 커다란 궁전이 그려져 있다. 그렇다면 정상의 석조상이 있는 자리에 바다를 내려다 보는 누각이 있었겠고 지금 이 자리에 행궁이 있었을 듯하다. 황제들은 이곳에서 쉬다가 가마를 타고 어도를 따라 낭야대 정상 올라 바다를 바라본 것이겠지.

진시황은 기원전 221년에 열국을 멸망시키고 중국을 통일하여 황제가 되고 이 년 후인 기원전 219년에 태산으로 봉선제를 지내러 온다. 이때 낭야대에 올라 바다를 바라보고 싶어서 오만 명의 장정을 보내어 낭야대에 별궁과 바다를 바라볼 정자를 지은 후 그곳에 와서 석 달을 머물렀다. 낭야대가 역사적인 명성을 얻은 것은 이 때문이며 이후 진시황은 두 번이나 더 이곳을 들렀다. 이후 수십을 헤아리는 황제들이 봉선제를 지내기 위해 태산의 대묘에 들렀다가 이곳을 찾았고 이사나 사마천과 같은 학자들도 이곳을 여러 차례 답사한 모양이다.

진시황이 왜 이곳 낭야대에 그토록 열광했으며 많은 황제들이 이곳을 찾았는가는 중국 전래의 신선사상과 깊은 관련이 있다. 중국 사람들은 동쪽 바다 건너에 신선이 사는 세상이 있고 그곳에서는 불로장생한다고 믿은 모양이다. 중원 사람들 입장에서 보면 그들의 세상 동쪽 끝에 그들이 신성시하여 봉선제를 지내는 태산이 있고, 거기서 더 동으로 나아가면 산동반도가 나타나는데 그곳은 바다에 연한 산이 많은 지역이다. 황하의 황토 평원 지역에 살던 그들로서는 이곳이 신비의 땅이고 신선이 살만한 땅이라 느꼈을 것이다. 더욱이 낭야대와 같이 황해를 연한 높은 언덕 위에서는 바다에서 신기루를 볼 수 있는데 그것이 마치 바다 건너에 거대한 궁궐이 있는 것처럼 보일 수 있다는 것이다. 바로 그러한 신기루를 보고 그들은 바다 건너에 신선들이 사는 나라가 있다는 믿음을 가지게 된 것이다.

서복은 진시황에게 불로초를 구하겠다는 상서를 바치고

중국의 신선사상은 인간이 특별한 노력을 기울이면 불로장생하여 신선이 될 수 있다는 믿음에서 나온 전통신앙으로 도교의 뿌리가 되는 사상이다. 도교 사원에 가면 많은 도사나 방사들이 우화등선하였다, 즉 신선이 되었다는 기록이 나오는데 이는 그들의 불로장생에 대한 믿음에서 비롯된 것이다. 단약을 만들어 불로장생한다거나 불로초를 먹어 영생한다는 생각은 중국의 황제들이 끝없이 꿈꾼 것으로 이것은 막연한 꿈이 아니라 하나의 신앙으로 발전하였다. 진시황은 이곳 낭야대에 와서 석 달을 머물면서 이 지역의 방사들을 만나고 동편 바다 건너에 나타나는 신선국의 궁궐을 바라보고, 누군가 그곳에 보내 불로장생의 약을 구해 오도록 할 꿈을 키웠을 것이다.

진시황이 이 지역의 방사인 서복을 만나고 불로초를 구해 오겠다는 상서를 받은 곳이 바로 이 낭야대라 전한다. 지금 낭야대 정상에 거창한 석조물을 세워 둔 것이 바로 진시황이 서복의 상서를 받은 것을 기념하기 위하여 세운 것이라니 말이다. 서복이 진시황의 명을 받아 불로초를 구하기 위하여 동남동녀 삼천을 데리고 동쪽으로 떠난 곳이 어디인가는 확실하지 않아서 낭야대 부근이라는 설과 봉래라는 설 등 여러 설이 있다. 또 서복의 탄생지가 어디인지에 대해서도 설이 많다.

그러나 서복이 어디서 출발을 하였든 불로초를 구하기 위하여 동쪽 바다로 나가서 제주도 서귀포를 거쳐 일본으로 간 것은 거의 확실한 모양이다. 그들이 일본에 중국의 새로운 문물을 전하고 일본을 새로운 문화로 꽃 피웠다는 것은 일본도 인정하는 부분이다. 그렇다면 서복은 진시황이 통일한 진나라를 벗어나기 위하여 진시황에게 불로초를 구해온다는 상서를 바치고, 황명을 받아 많은 인원을 이끌고 진나라를 떠나 먼 곳까지 가서 자신의 나라를 세운 것은 아닐까? 관룡각에서 바다를 바라보며 온갖 생각을 다 해 보았다.

관룡각 밖으로 나오니 왼편 절벽에 동굴을 파고 '진병마용포진관'이라는 팻말을 붙여 놓았다. 들어가 보니 진시황의 병마용에서 나온 도용 서너 개를 전시하고, 1-3호 갱의 발굴 당시 모습을 축소하여 전시해 두었다. 서안에 있는 병마용을 가 본 나로서 약간 시들했지만 장춘매 교수와 서승연 양은 아주 신기해한다. 서안에서 본 병마용의 모습과 병마용을 발굴하다가 현재의 기술로는 더 이상의 발굴이 파괴로 이어질듯하여 발굴을 중지한 것 그리고 진시황의 능에 대해서도 간단히 이야기해 주었다. 한국에서 온 내가 중국인들에게 중국문화에 대해 설명하는 것이 어색하기는 하지만 답사해 본 사람과 그렇지 않은 사람의 차이는 있는 법이니.

진시황은 이러한 궁전에 앉아서 신선을 기다렸나?

다시 버스에 오르니 올라오던 길을 따라 내려가 출발점을 지나 관리 사무소를 건너 길이 끝나는 곳에 내려준다. 한 시간 조금 안 되게 버스를 타고 다닌 모양이다. 버스에서 내린 지점에서 돌길을 따라 조금 걸어가니 서복전이 있다. 거창한 건물 안에 진시황의 명을 받아 불로초를 구하러 동쪽으로 떠났던 서복의 상을 세워두고 그 둘레에 그의 사적을 서화로 정리해 두었는데 서복이 도착한 곳이 일본이고 그곳에 중국의 문물을 전했으며 그 결과 일본이 새로운 문화를 갖게 되어 서복을 숭상한다는 등의 내용이다.

서복전 답사를 마치고 돌아나오다가 낭야대 입구에 자리한 낭야문화진열관에 들어가 보았다. 거창한 건물 앞에 진시황이 양팔을 벌리고 신선을 맞이하는 듯한 거대한 동상이 서 있고, 건물은 커다란 건물 두 채를 좌우의 회랑이 연결한 구조를 하고 있다. 낭야대를 들른 역대 황제와 유명 인사의 상을 세워 두었고 역대 황제들이 이곳에 들른 역사 기록들을 찾아 정리해 걸어 두었다. 진시황과 호해 그리고 한나라의 황제들이 자주 찾은 것을 보면서 역시 신선사상이 가장 왕성했던 진한 시대의 황제들이 이곳 낭야대를 자주 찾았음을 알 수 있었다. 노산에 도사와 방사들이 모여들어 태청궁의 뿌리가 된 것도 한나라 때 일이니 그 무렵 산동반도는 도사와 방사의 땅이었음을 알 만하다. 앞 뒤 건물을 이어주는 회랑에는 많은 글들을 나무에 새겨 현판처럼 걸어 두었지만 읽기도 어렵고 해서 그냥 둘러만 보고는 뒷건물의 신선에게 향을 바치는 방까지 들러보고는 낭야대를 빠져 나왔다. 한 시간 사십 분 정도의 답사.

삼륜택시 기사에게 연락하니 십분도 채 안되어 달려온다. 아주 한미한 동네여서 늘 손님을 기다리는 상황인가 보다. 아까 내린 마을 정거장에서 버스 기다리는 사이 생선 말리는 장면을 몇 장 찍고 있는데 금방 버스가 와서 출발하였다. 낭야대진에 들어올 때와는 달리 교남으로 나가는 버스는 시골 사람들을 태우기 위해 이 마을 저 마을로 돌아다니기도 하고, 사람들을 기다리기도 하고 또 멀리서 손을 흔들면 마냥 기다리기도 하고 해서 들어올 때보다 삼십 분 정도의 시간이 더 소요되었다. 교남에서 출발할 때는 시간이 정해져 있지만, 교남으로 가는 버스는 이렇게 운영하지 않으면 시골 사람들이 많이 불편하겠지. 시골을 다니는 버스의 인정을 한껏 느끼며 교남에 내리고 나니 답사 내내 머릿속을 떠나지 않던 진시황의 모습이 조금은 흐릿해져 있었다.

노산 태청궁, 도교 천진종 본산

　노산(嶗山)은 칭다오를 상징하는 산이라 해도 과언이 아닌 명산이다. 내가 있는 칭다오 구시가에서 약 30킬로미터 정도 떨어진 바닷가에 위치한 노산은 주봉인 거봉이 1132미터에 이르고 풍경구로 지정된 면적만도 446평방킬로미터에 이르는 작지 않은 산으로 중국에서 해상명산제일노산(海上名山第一嶗山)이라는 별칭을 가지고 있을 정도로 산도 아름답고 산을 끼고 도는 바다도 아름답다. 칭다오 시내 도처에서 노산 관광 팀을 모으고 있을 정도로 관광객들이 몰리는 곳으로 칭다오의 명물인 노산차, 노산 약수, 노산 콜라, 노산 맥주, 노산 녹석 등이 전부 노산 주변에서 생산된다.

　노산을 답사하는 방법은 매우 많지만 관광객들이 가장 많이 찾는 코스는 류수하에서 입장하여 태청궁과 화엄사를 답사하는 코스이다. 이 코스는 셔틀버스가 움직이기 때문에 특별히 등산 장비를 갖추지 않아도 노산의 명소들을 둘러볼 수 있어 편리하다. 칭다오에 오자마자 이성주 연구원과 태청궁을 답사하면서 노산 답사 방법을 어느 정도 숙지해 두었기에 아침 여덟시에 아내와 함께 숙소를 나서, 대학로에서 403번 버스를 타고 노산으로 향했다. 칭다오 사람들이 출근하는 시간이라 버스는 조금 붐비고 길은 상당히 막혔지만 1시간 20분 정도 걸려 대하동(大河東) 주차장에 하차하였다. 여기서 1인당 100원 하는 입장권을 구해 공원 내 셔틀버스를 이용하여 류수하 관리처를 지나 노산 풍경구로 들어간다.

노산 바닷가의 끝없이 이어지는 차밭과 붉은 기와지붕

버스를 타고 출발할 때에는 이 코스에서 가장 먼 곳에 있는 화엄사로 갔다가 내려오면서 태청삭도를 타고난 뒤 태청궁을 답사하는 여정을 생각했는데 대하동에서 출발한 버스는 태청삭도까지만 간다고 하면서 태청삭도 정거장에서 손님을 전부 내려 버린다. 순서를 바꾸어 삭도부터 타야겠다고 삭도 타는 곳으로 올라갔더니 바람이 강해서 운행이 중단되었단다. 산 밑으로 내려다보이는 태청만의 반짝이는 바다를 한참 바라보다가 우선 화엄사부터 답사하기로 방향을 바꾸었다.

반대쪽 출입구인 앙구로 가는 버스를 타고 작은 언덕을 넘으니 험준한 바위로 이루어진 노산과 푸른 빛으로 반짝이는 바다 사이에 녹색의 밭과 붉은 지붕의 집들이 늘어선 아름다운 정경이 펼쳐진다. 청산촌, 황산촌, 장령으로 이어지는 바닷길에는 바위산의 척박한 틈에 밭을 일구어 녹차를 키우고 군데군데 야채들을 심었고 바다에는 여기저기 양식장들이 펼쳐진다. 예전에는 바닷가에 붙은 작은 땅뙈기를 일구고 바다에 붙어살며 배를 유일한 교통수단으로 했을 법한 동네인데 차밭을 일구고 양식을 하고 또 관광객들을 받아 소득이 크게 늘면서 예전에 살던 집들을 헐고 새로 예쁜 집들을 지은 모양이다. 이탈리아의 어느 바닷가 마을 같은 동네를 지나니 녹색 돌들을 길가에 늘어놓고 또 그것을 다듬어 파는 마을 원보석을 지난다. 노산의 명물 중 하나인 노산 녹석이다. 커다란 초록빛 돌을 다듬어 자연스러운 모양의 돌을 마당에도 놓고 거실도 장식하는 모양이다. 산과 바다와 마을이 만드는 기막힌 풍경에 감탄하다 보니 버스는 화엄사에 도착한다.

화엄사는 17세기 중엽에 즉묵시에 살던 어느 부자가 출연하여 지은 작은 불교 사찰로 화엄암이라 했는데 20세기 중엽에 들어 크게 중창을 하며 화엄사라 이름을 바꾸었단다. 버스 정거장에 내리니 커다란 하얀 석조 관음보살이 바위산을 배경으로 관광객을 맞이한다. 불상 뒤에는 화강암으로 수없이 많은 불상을 돋움새김한 문 위에 청동으로 커다란 세 송이의 연꽃을 만들어 문 위에 얹고 연 잎마다 불상을 새긴 엄청난 조각품을 올려 둔 일주문이 서 있다. 일주문은 그 아름다움보다는 규

146

모에 질리는데 문 위에 화엄세계라는 글을 새겨 두었다. 이 문을 지나면 부처님의 세계로 들어가게 된다는 말이렸다.

일주문을 지나 돌계단을 따라 오 분 남짓 오르면 화엄사 정문이 나타난다. 강화도 전등사와 같이 돌로 성문처럼 만든 문을 들어서면 정면에 배불뚝이 모습을 한 재신의 상이 나타난다. 왼편으로 돌아오르면 정면에 본당인 삼성전이 있고 앞에 예의 향로가 자리했고, 우편으로 작은 법당이 맞은편에는 강원이 자리하고 있다. 규모는 아주 작지만 전형적인 중국 사찰의 모습이다. 삼성전에 제석님과 관음보살이 좌정한 듯한데 좌우에 모신 불상이 같은 모습으로 좌우 대칭인 것이 조금 특이하다. 화엄사는 삼성전 앞의 건물 몇 동이 전부여서 사찰이라기보다는 암자라 하는 편이 나을 듯하다.

화련사는 작은 암자이나 주변 경관이 아름답다

절을 돌아 나와 그늘 진 돌 벤치에 앉아 절보다 더 인상적인 절 뒤에 병풍처럼 둘러진 노산의 거대한 암벽들을 감상하고 다시 버스를 타고 돌아 나와 태청삭도에서 내렸다. 갈 때와는 달리 삭도가 운영되고 있다. 50위안이라는 큰돈을 내고 4인승 삭도를 타고 오르다 보니 삭도 아래로 돌로 만든 등산로가 이어진다. 반도봉(蟠桃峰)과 요지(瑤池)의 옆을 지나 1200미터를 올라가 종점에 내리자 주변 경관을 전망할 아무런 시설도 없다. 멋있는 전망대를 생각하고 올라간 우리는 공식적인 허름한 찻집 하나 이외에는 각종 잡상인들의 난전이 이어지는 등산로가 짜증이 난다. 이 삭도는 아마 상청궁이나 벽하동을 답사하는 사람들과 노산을 등산하는 사람들의 편의를 위한 것이지 노산을 전망하기 위해 오르는 곳은 아닌 듯하다.

하행 삭도를 타고 내려와 정류장에서 한참을 기다려 버스에 오르니 하행 차는 팔수하까지 갔다가 태청궁으로 간단다. 팔수하에서 버스를 갈아타고 다시 태청궁 쪽으로 돌아와 일인당 20원을 내고 태청궁에 들어가는데 현지 가이드들이 안내를 해주겠다면서 따라 오다가 외국인인 것을 알고는 금방 물러선다. 말이 통하지 않으니 가이드해 주고 20위안을 받을 수는 없겠지. 정문을 들어가 원군전, 삼관전, 용두수 등을 둘러보고 갈림길에서 아내에게 삼황전 쪽으로 내려가 중심 건물만 볼 것인지 산 위쪽으로 올라가 강유위 석각, 혼원전 등을 볼 것인지를 물으니 언제 다시 올지 모르니 가급적 다 보잔다.

갈림길에서 몇 계단 오르면 커다란 암벽에 시와 그 유래가 새겨져 있다. 강유위가 말년에 칭다오에 와서 살면서 노산에 와 보고 그 아름다움에 반해 쓴 시들이란다. 강유위가 죽으면서 자신을 노산에 묻어달라고 한 것으로 보아도 그가 노산의 절경에 어느 정도 반했는지 짐작할 수 있다. 강유위 석각을 보고 계단을 오르면 대숲으로 가려 바다가 보이지 않는 정자가 하나 나오고, 거기서 긴 돌길을 따라 걸으면 노자를 모시는 사당인 혼원전이 나온다. 혼원전에서 내려다보는 태청만 풍경은 가히 압권이다. 서쪽으로 넘어가는 햇살에 바다가 하얗게 부서진다. 혼원전 양측으로는 문창전과 재신전이 있다. 문무 모든 부분에서 창달하게 해주는 문창전과 언제 어디에서나 돈을 벌게 해주는 재신전은 많은 사람들이 찾을 만도 한데 너무나 조용하다. 태청궁을 찾은 대부분의 중국인들에게 가이드들이 따라붙는데 가이드들이 힘들게 언덕을 올라 여기까지 관광객들을 데리고 오지 않는 때문인 듯하다. 자녀 입시를 앞둔 부모나 사업의 번창을 비는 사람들이 언젠가는 찾아와 붐비기도 하겠지.

내려오는 길에 태청궁이 이렇게 번창하기 전에 도사들이 도를 닦았을 법한 연환동을 들어가 보았다. 커다란 바위 아래에 난 너른 공간이 아래 위층으로 되어 이어져 있다. 이전에 많은 도사와 제자들이 동굴의 앞을 대충 막고 수도하기에 적절했을 것으로 보인다. 돌로 이루어진 노산에는 이러한 동굴이 수없이 많다니 이전에 도사들이 이곳에 찾아와 수도를 하기에 좋았겠다는 생각이 든다. 연환동에서 내려오면 탑원이 있다. 태청궁이 배출한 이름난 도사들의 우화등선을 기리는 탑이 네 개 세워진 공간인데 태청궁에서는 상당히 신성하게 여기는 것이라 느껴진다. 탑원을 지나 내려오면 태청궁의 중심이 되는 삼황전, 삼청전 등이 나타난다.

삼황전은 이곳 태청궁에서 가장 먼저 세워진 건물 자리인 듯하다. 중국인들이 자신들의 시조라 믿는 복희씨, 신농씨, 헌원씨 등 삼황을 모시는 삼황전 앞에는 2100년이 되었다는 한백(漢栢)이 위용을 자랑한다. 도교에서는 무위자연하는 자세로 수행하는 것을 중시하기도 하고 금단술과 같은 비법을 통해 불로장생을 시도하면서 그들의 시조인 황제(黃帝)와 천존, 진인들을 섬긴다. 특히 태청궁은 금나라 때 개창하여 원나라 시기에 번창했던 전진교의 성지로 유불선의 종합하여 선종적인 개인적 수도를 중시하고 노자의 도덕경이나 불교의 마하반야파라밀다심경과 같은 경전을 중시하기도 한다. 그래서 일반적으로 도교의 각 파에서 숭배 대상으로 삼는 삼황과 삼청과 삼관 이외에 도교의 이론을 정리한 노자를 중요한 신앙의 대상으로 여겨 혼원전에 단위(單位)로 모신다.

노자를 모시는 혼원전은 태청궁 가장 높은 곳에

삼황전에서 엄청난 한백을 바라보다 밖으로 나오니 이전에 태청궁에서 수도를 하던 도인들이 마셨다는 샘 신수천이 자리하고 있다. 샘은 말랐고 앞에 있는 돌로 만든 작은 못에 맑은 물이 고여 있는데 많은 사람들이 동전과 지폐를 던져 놓았다. 어디에나 있는 풍습. 이 신수천 뒤가 삼청전이다, 도교의 천존과 진인들을 모시는 삼청전에는 도교의 신에 해당하는 천존을 모셨고 좌우 사당에는 서왕모와 같은 각종 진인들을 모셔 두었다. 태청궁에서는 삼황전과 삼청전이 가장 오래 되었고 그 중심이 되는 곳인 듯한데, 이 두 전각에 삼위(三位)씩 모신 것에 비해 혼원전에는 노자 한 분만을 모셨고, 또 제를 올리기 위해 마련한 방석

151

이 수가 혼원전이 가장 많은 것으로 보아 전진교의 지향하는 바를 조금은 이해할 것 같다.

　태청궁 자리에 도교 사원이 최초로 세워진 것은 전한 시기라 한다. 물론 그 이전부터 이곳에서 많은 도사들이 수도를 했겠지만 장렴부란 인물이 노산 노군봉 아래인 이 자리에 삼관암을 지은 것이 전한 건원 원년이고 이후 당나라 때 크게 중창되어 지금까지 이곳에서 도교의 명맥을 꾸준히 이어온 것이다. 도교의 교파 중 하나인 전진교의 사원으로는 북경의 백운관에 이어 2대 총림인 이곳 태청궁에 현재 남아있는 건물들은 거의 다 새로 지어진 것이지만, 태청궁 건물들을 에워싸고 있는 한백이나 은행이나 2000년에서 1000년의 시간을 자랑하니 이 태청궁의 역사가 가진 유구함을 짐작할 만하다. 삼청전을 관람한 뒤에 중국 어디서나 볼 수 있는 관우와 악비를 무신으로 모신 관악전을 둘러보고 답사를 마쳤다.

혼원전에서 내려다 본 태청궁 앞바다의 풍광

동서북 삼면이 산으로 포근히 둘러싸여 있고 남으로 바다가 열려 있는 태청궁은 겨울에는 따듯한 봄기운이 느껴지며 한여름 혹서기에도 바다 쪽에서 선선한 바람이 불어온단다. 아닌게아니라 지난 번 한여름에 답사를 왔을 때 그늘 벤치에 앉아 바람을 쐬는데 한기가 느껴질 정도이긴 하였다. 이렇게 자연 조건이 좋고, 몸을 눕힐 자연 동굴이 많고, 또 좋은 물을 구하기 쉬우니 옛날부터 수많은 도인들이 몰려들어 수학을 하지 않았겠는가. 최근 중국 도교 조직의 수장 급에 이곳 태청궁 출신이 적지 않다는 글을 보고 상청궁, 태청궁, 하청궁에 이르는 이러한 좋은 수도처가 있으니 가능한 것이라는 생각을 하게 된다.

　태청궁을 둘러싸고 있는 천년이 넘은 은행나무들을 둘러보며 태청궁을 빠져 나와 대하동 주차장으로 되돌아오는 셔틀버스에 몸을 실었다.

마산, 석림의 웅장함과 도교의 흔적

사진기 가방만 들고 여덟시 오십 분 경에 숙소를 나섰다. 칭다오 시 정부 옆 버스 종점에서 502번 버스를 타고 청도농업대학에 근무하는 이춘매 선생에게 전화를 하였다. 성양(城陽) 구정부 버스 정거장 앞에서 기다리겠다기에 안내 방송에 신경을 써서 버스에서 내리니 이 선생이 반갑게 뛰어 온다. 열 시 오십 분이 조금 넘었다. 두 시간 걸려 온 길. 점심식사는 다녀와서 하기로 하고 택시를 타고 마산석림(馬山石林)으로 향하였다.

칭다오 시 성양구에서 북으로 달려 구 지역을 빠져나가면 즉묵 시내로 이어진다. 즉묵시는 전국시대의 강국 제나라의 현이었던 곳으로 현재까지도 많은 사람들이 모여 살아 칭다오 시에 속한 시로 그 이름을 남기고 있으니 무려 2500년에 가까운 시간 동안 사람들이 모여 살아 온 유서 깊은 곳이다. 이제는 제 나라 시대의 위명은 역사 속으로 사라져 역사 100년이 조금 넘는 칭다오 시에 속하게 되었으니 시간의 흐름 속에서 도시의 위상도 바뀌게 마련인가 보다.

성양을 지나 시내를 거치지 않고 도시 외곽으로 빠져 나가니 광활한 들판 너머로 활 모양의 작은 산이 하나 보이는데 마산이란다. 산의 규모는 아주 작아서 한국의 마을 뒷산에도 미치지 못할 정도이지만 산동의 너른 들판에서 이 산은 사방 어느 곳에서나 눈에 띄어 몇 천 년 전부터 이곳 사람들의 지형지물로 되었을 법하다. 하기야 산이 높아서 태산이던가, 주위의 들판에 비겨 불쑥 솟아 있으니 높고 높은 산으로 칭송되지 않는가. 마산을 보며 태산을 생각하니 사물은 놓인 위치에 따라 다르게 품평되기 마련이라는 생각을 하게 된다.

마산석림은 웅장한 즉묵대부 석상이 맞이한다

택시는 도심을 빠져 나가 한적한 도로를 달리다가 작은 골목으로 돌아든다. 입구에 마산공원이라는 간판이 붙어 있고 곧게 뻗은 길은 조금 들어가니 돌로 만든 입구가 보인다. 공원을 들어서자 역사적으로 즉묵을 대표하는 인물인 즉묵대부의 석상이 거창하다. 제나라 위왕(威王)이 지방관에 대해 보고를 받아보니 즉묵 현의 대부(卽墨大夫)는 지역을 잘못 다스리고 아(阿) 현을 다스리는 대부(阿大夫)는 잘 다스린단다. 이를 믿지 못한 위왕는 직접 조사를 하여 그 반대인 것을 알고는 즉묵대부에게는 1만호를 봉(封)하고, 아대부는 삶아 죽였다는데, 이는 현자(賢者)와 우자(愚者), 충신(忠臣)과 간신(奸臣)을 구분하기가 어려움을 보여주는 고사로 자주 인용된다. 즉묵을 잘 다스려 1만호를 식읍으로 얻은 즉묵은 도시의 이름과 함께 현재까지 남아 이곳 사람들의 숭상을 받는 모양이다.

즉묵대부의 동상을 지나 오른쪽으로 길을 잡아 한참을 걸어가니 몽골식 식당이 하나 있고 어린이 놀이터가 길게 이어진다. 지금은 한겨울이라 을씨년스럽고 한적하지만 여름철에는 관광객이 상당히 많이 오기는 하는 모양이다. 나무들이 늘어선 길을 따라 느릿한 언덕길을 한참을 올라가니 멀리서 깎아지른 절벽이 길을 막는다. 절벽은 자연스럽게 형성된 것이라기보다는 채석장 마냥 산의 한 면이 잘린 모습인데 가만히 살펴보니 사각형 기둥 모습을 한 바위들이 유럽의 신전 기둥처럼 하늘을 찌를 듯 서 있어서 제주도 서귀포에서 본 주상절리를 바로 떠올리게 한다. 아, 바로 이것이 마산석림이다.

칭다오에서 두 시간 이상을 길에서 보내고 이곳 마산을 찾은 것은 바로 이 마산석림을 보기 위해서 아니던가. 석림 한 켠에 돌에 새긴 마산 석림에 대한 설명을 읽어 보았다. 이 설명에 따르면 대부분의 주상절리는 용암이 바닷물을 만나 급속히 식으면서 생성되기에 제주도와 같이 현무암 층에서 잘 발달하는데 이곳 마산석림은 안산질 화산암에서 발달한 주상절리로 세계에서 몇 안 되는 특이한 지질이란다. 주상절리의 규모도 작지 않고 하여 이리저리 둘러보며 사진을 찍었다. 마치 여느 채석장 같지만 사각 기둥을 촘촘히 세워 놓은 듯한 모습이 특이하고 또 장대하다.

사람을 압도하는 석림의 웅장한 자태

마산 정상에 제비집처럼 들어선 호선선원

　석림을 둘러보다 보니 마산 정상에 새로 지은 사찰 같은 건물이 보이기에 무엇인가 궁금해 하니까 이 선생이 여기까지 오기 쉽지도 않은데 한 번 올라가 보잔다. 길옆에 앉아 점을 치는 할아버지에게 물어보니 길을 따라 가면 시간이 많이 걸린다고 산을 질러 오르란다. 할아버지 말대로 관리사무소 옆을 지나 사람들의 흔적이 남은 길을 따라 바로 오르니 십 분 정도만에 도착한다. 붉은 벽을 한 엄청난 규모의 건물은 호선선원이라는 도교 사당으로 아직은 건축 중이고 가장 안의 본당을 들어가는 데만 돈을 받기에 건물 여기저기를 둘러보고 외부만 촬영하고 돌아나왔다.

산 위에서 내려다보니 아래에서 보았던 석림이 전부가 아니고 마산 여기저기에 주상절리로 이루어진 절벽들이 널려있다. 그중 우리가 본 석림이 규모가 가장 크고 그 외에도 몇 개의 석림이 웅자를 자랑한다. 넓지는 않지만 아기자기한 산에는 사방팔방 산책로가 잘 나 있다. 추운 겨울인 지금도 간간히 사람들이 눈에 뜨이는 것으로 보아 계절이 좋은 때에는 많은 사람들이 산책 겸 운동 겸 답사 겸 이곳을 찾는 모양이다.

산을 내려오다가 옥황묘·천불동이라는 방향 표지판을 보고 찾아가 보니 옥황묘 안내판에 이곳이 도교 용문파 제2조정이라는데 예전에는 상당한 규모의 도교 사원이 있던 곳 같으나 이젠 퇴락하였고, 최근에 작은 사당 규모로 건물 한 동을 다시 지은 것 같다. 천불동은 이전에 도 인들이 수도하던 동굴이라는데 이전에 노산에서 본 연환동만 하겠는 가 싶기도 하고, 그보다 입장료를 5위안 씩이나 받는 것이 마땅치 않아 서 겉만 대충 둘러보고 돌아나왔다.

도처에 자리한 석림 사이로 옥황묘가 자리했다

언덕을 따라 너른 곳에 음식점 같은 건물들이 나타나고 오른쪽으로 규화목 전람관이 있다는 안내판이 있는데, 누가 마산을 소개하는 글에 볼 것은 별로 없고 돈만 받으니 가지 말라기에, 공원 입구 쪽에 있는 백운암만 보기로 하고 길을 되짚어 나왔다. 마산 공원 중심이 되는 석림과 즉묵대부 석상의 건너편 쪽에 있는 백운암 역시 새로 지은 아주 작은 불교 사찰인데 본전에 관음보살과 보현보살을 모시고, 좌우 건물에는 도교의 도인들을 모시는 특이한 형태이다. 도교와 불교가 습합한 양상을 제대로 보여준다. 그러나 절 앞마당에 서 있는 잿빛 전탑은 새로 지은 것이기는 하나 규모 면에서나 외양의 아름다움에서나 여느 사찰의 전탑에 빠지지 않을 듯하다.

마산을 두 시간 정도 답사하고 생각해 보니 이곳 역시 예전에 도교 사원이 즐비한 도사들의 땅이었던 모양이다. 호선선원 자리나 옥황묘 자리나 천불동이나 다 상당한 도교 사원이 있었을 듯한 자리이니 말이다. 산동 특히 바다가 가까운 이 지역은 노산이나 낭야대나 너른 들판에 어느 정도의 높이를 가진 산이 있으면 도사들이 모여 수도를 했을 것이고, 그러다 보니 후대에 도교의 한 성지로 자리 잡았을 것은 필지의 사실 아닌가.

추운 날씨에 몇 시간 마산을 돌고 나니 온몸에 한기가 느껴진다. 이 선생과 택시를 타고 되짚어 성양으로 나와 늦은 점심을 먹기로 하였다.

잔산사(湛山寺), 칭다오의 불교 사찰

도시의 역사가 길지 않은 칭다오 시내에는 불교나 도교 사찰이 거의 존재하지 않는다. 구 칭다오 중심에 해당하는 잔교 부근에 천후궁이 칭다오에서 거의 유일한 전통 종교 건물이다. 물론 칭다오에도 노산에 태청궁이 있고 즉묵에 옥황묘, 교남에 낭야대 등 아주 오래 된 도교 관련 유적이 없는 것은 아니지만 사실 이들은 칭다오라고는 하나 광역시 개념으로 칭다오에 속할 뿐 구 칭다오에서 다녀오려면 하루가 꼬박 걸리는 먼 거리에 있으니 칭다오가 근대적인 도시로 개발될 때에는 칭다오에 해당하지 않는 타 지역의 유적일 뿐이다. 이렇듯 독일에 의해 개발된 칭다오의 시내 한 가운데 백년이 다 되어 가는 기독교당과 1930년대에 지어진 천주교당이 있지만 불교나 도교 사원이 별로 없는 것은 도시의 역사를 웅변적으로 말해 준다.

그러나 칭다오에도 역사가 길지는 않지만 볼 만한 불교 사찰이 하나 있다. 1934년에 짓기 시작하여 1945년에 완공을 하였다는 잔산사가 그것이다. 태평산의 동쪽 자락에 자리 잡은 잔산사는 칭다오가 중화민국에 속해 있던 1930년대 중반에 칭다오에 주재하고 있던 담허(倓虛)범사가 '서방삼경전(西方三經殿)'을 지으면서 비롯된 사찰로 중국 근대에 지은 명찰 중 하나이다. 이후 1945년까지 지속적으로 사찰의 규모를 확대하여 현재의 모습을 갖추었다니 칭다오가 일본의 지배를 받던 시기에도 꾸준히 이 절은 규모를 확장한 모양이다. 현재는 절의 입구에서부터 천왕전, 대웅보전, 삼경전, 장경루(법당)를 거쳐 맨 안쪽의 와불전까지 이어지는 절의 규모와 건물의 배치 등도 볼만 하거니와 전각과 전각 사이를 시원시원하게 배치한 것이 중국의 여타의 사찰과 달리 편안함을 느끼게 한다.

하늘에서 내려다 본 잔산사는 작은 왕궁인양 하고

162

전망대와 불탑은 절 밖 언덕 위에 있다

특히 잔산사의 동문 밖에 자리한 불탑은 그 옆에 서 있는 전망대와 함께 잔산사의 상징적인 곳이다. 동, 서, 북 방향이 산으로 둘러싸이고 남으로 바다를 면한 잔산사는 그 위치가 참 인상적이나 사찰 안에서는 바다를 느끼지 못한다. 하지만 동문 밖 언덕 위에 세운 전망대에서는 새로 지어진 고층빌딩 사이로 멀리 부산만의 바다가 언뜻언뜻 보인다. 그 옆에 서 있는 불탑은 회색빛 7층 전탑으로 쌓아올린 벽돌의 정교함은 물론 처마의 아름다운 모습과 각 층 창에 새긴 불상들의 모습도 인상적이다. 또 탑 앞에 향을 사르는 합이 있고 그 앞으로 예쁜 정원이 조성되어 있어 주변 사람들이 수시로 찾아 향을 사르며 복을 빌어 야구방망이같은 커다란 향이 타오르며 뿜어내는 목 따가운 향이 이곳이 중국의 사찰임을 다시 한 번 느끼게 해 준다.

잔산사 불전들은 어딘가 낯익게 느껴지고

　　잔산사 불전들은 처마를 앞으로 상당히 길게 뽑아 네 귀퉁이를 들어 올렸고, 기와도 장경루나 삼경전 같은 건물과 달리 천왕전이나 대웅보전 같은 불전들은 황금빛이 아니라 검은 색 기와를 써서 여느 중국 불교 사찰과는 다른 맛을 준다. 또 불상들도 다소 숭고한 맛이 없는 보통 인간의 모습을 한 다른 중국 불교 사찰의 부처님들과는 달리 잔잔한 얼굴에 신성함이 느껴지는 것이 한국 사찰 어디를 온 듯한 느낌을 주기도 한다. 아무래도 잔산사를 지은 시기가 일본이 칭다오를 다스리던 시기여서 일본 불교 사찰의 영향을 일정하게 받은 것은 아닌가 하는 생각이 들기도 한다. 이 절의 부처님들 중에서 절의 가장 안쪽에 자리한 와불전에 웃음을 띠고 누워있는 부처님의 모습은 남방불교 사찰에서 본 와불과는 달리 너무나 인간적인 모습을 하고 있어 친근감이 들었다.

잔산사에서 느낀 또 한 가지 특이한 점은 사찰의 여러 곳에 안전한 운항을 비는 자리가 마련되어 있다는 점이다. 이는 잔산사가 항구 도시 칭다오의 사찰이어서 배를 타고 바다로 나가는 사람들의 안전 운항을 비는 일이 적지 않았을 것이라는 점에서 이해된다. 칭다오를 답사하다 보면 천후궁은 물론이고 여러 곳에 마조(媽祖)할미를 모시는 곳이 있더니 이곳에도 산문을 지나자 좌우에 있는 종루에 안전한 운항을 도와주는 마조할미가 모셔져 있다.

유리장 안에 팔을 베고 참선 중인 부처님

중국 중남부와 타이완의 등지의 해안에서 뱃길을 다니는 사람들로부터 절대적인 추앙을 받고 있는 여신인 마조는 해난구조를 해 주는 여신으로 천비, 천후, 천상성모 등으로 불리기도 한다. 이 마조할미 신앙이 중국 해안지방 전역으로 전파되어 이곳 칭다오에도 마조할미의 상이 도처에 깔려 있는 것이다. 재미있는 것은 중국 연해의 마조할미나 절강성 영파의 보타도에 주지하는 남해 관세음보살이나 한국 동해안의 해신이나 이탈리아의 산타루치아 성녀나 모두 여성으로 나타난다는 점이다. 이렇게 안전한 바닷길을 열어주는 신이 여성으로 상징되는 것은 세계 문화의 공통성의 한 면을 볼 수 있다는 생각을 하게 한다.

잔산사를 답사하기 위해서는 향항서로(香港西路)에서 동해1로(東海一路)를 따라 가는 것이 가장 편리한 방법이다. 고층 건물 사이의 버스 정거장에서 내려 건물들 사이로 올라가다가 만나게 되는 잔산사의 모습은 도시의 작은 휴식처 같은 느낌을 준다. 잔산사 근처의 작은 공원들과 사찰을 둘러싼 나무들이 작은 안식처가 되어 주는 것이다. 그러나 잔산사의 참 모습을 제대로 보기 위해서는 중산공원에서 리프트를 타고 태평산 정상 쪽으로 올라가 전시탑에 올라 칭다오의 아름다움을 관망한 후, 잔산사 방향으로 내려오는 리프트를 타고 잔산사 입구에 내려 들어서는 것이 좋다. 리프트를 타고 내려오면서 잔산사의 전경을 내려다 볼 수 있고 잔산사 주변의 풍경을 미리 내려다 볼 수 있기 때문이다. 그리고 리프트에서 내려 조금은 더 걷더라도 잔산사 정문인 산문을 지나 좌우의 종루와 천왕전을 둘러보고 절 안 여기저기를 관람하는 것이 절의 전체 모습을 보는 좋은 방법이 될 것 같다.

잔산사는 소림사나 보타도의 사찰들과 같이 웅장한 사찰도 아니고 역사가 긴 사찰도 아니다. 그러나 잔산사는 그 나름의 아름다움을 가지고 있다. 5월 봄꽃이 화려하게 피는 계절에 잔산사에 들러 아담하고 편안한 잔산사를 돌아보는 일은 칭다오의 또 다른 아름다움을 느끼게 해 주리라 믿는다.

청도산 포대 유지, 칭다오의 아픈 역사

중국해양대학 어산 캠퍼스는 독일 점령 시대의 육군군영 자리답게 청도만을 향하고 있다. 당시 청도만은 잔교를 중심으로 해군이 주둔하고 또 칭다오에 필요한 물류를 담당해야 하는 중요한 항만이므로 그에 대한 경계는 독일군들의 가장 중요한 임무였으리라 생각된다. 그러다 보니 캠퍼스 뒤편으로는 홍도로 너머 청도산이 자리하고, 오른편으로는 총독 관저가 있는 신호산이, 왼편으로는 팔관산과 소어산이 회천만 쪽으로 이어져 삼면은 산으로 둘러싸이고 한 면만 바다를 향해 열린 천혜의 요새 같은 느낌을 준다.

더욱이 청도산은 일대에서 가장 높은 산으로 독일 점령 시대에 칭다오를 방어하기 위하여 독일군들이 포대를 건설해 둔 곳으로 지금도 그 유지들이 상당히 많이 남아 있다. 현재 청도산은 전체가 공원으로 조성되어 경산로 쪽으로 이어지는 중산공원과 함께 칭다오 시민들의 중요한 휴식공간이 되고 있다. 규모는 크지 않지만 다소 가파른 청도산 둘레에 산책로를 만들고 전망대를 설치하는 등 잘 가꾸어 두었지만 청도산 공원이 칭다오의 그 어느 공원보다 의미를 갖는 것은 독일군이 만든 포대가 아직 거의 완전한 형태로 남아 있기 때문이다.

청도산 공원에는 크게 세 갈래의 입구가 있다. 중산공원 뒤의 경산로 쪽에서 들어가는 입구는 이 공원의 정문에 해당하는데 초입에 유료인 청도산 포대 유지 관람관이 있다. 이 길로 들어서서 청나라 때 포를 하나 전시해둔 곳을 지나 크게 만들어둔 산책로를 따라 걸으면서 안내표지판을 잘 보면 어렵지 않게 공원 전체를 유람할 수 있다. 그 외에도 후문에 해당하는 홍안지로에서 들어가는 입구와 연안로에서 들어가는 입구가 있고 이외에도 홍도지로나 광요로 쪽에서도 들어갈 수 있는 쪽문이 있다. 어산 캠퍼스에서 청도산 공원을 가기 위해서는 5문을 나서서 홍도로를 따라 올라가다가 경산로를 따라가 정문으로 들어가는 방법이 있고, 4문을 나와 맞은편 길로 따라 올라가 홍도지로 쪽 쪽문으로 들어간 방법이 있다. 정문으로 들어가는 방법이 길이 깨끗하고 볼 것도 많아 좋지만 거리만 생각한다면 쪽문으로 가는 것이 15분 이상이 시간을 번다.

청도산 공원에는 볼 것이 적지 않다. 여기저기 정자를 만들어 두어 바다를 바라볼 수 있는 시설을 만들어 두었고 중국 특유의 장랑(長廊)이나 원형 문을 만들어 쉬어갈 수 있게 한 곳도 많다. 또 산책로가 아름다워서 그것을 걷는 것만으로도 행복한 경험을 할 수 있을 것이다. 그러나 청도산 공원을 유명하게 만든 것은 독일군이 지은 청도산 포대 유지이다. 경산로 입구에서 들어가면 산을 돌아 산책을 하여야 하고 홍안지로 입구에서 올라가면 바로 이어지는 곳에 자리한 포대유지 앞에는 좁지 않은 광장을 만들어 두었고 '나라의 치욕을 잊지 말자[勿忘國恥]', '중화를 진흥하자[振興中華]'라는 비석도 세워두었고 입장료를 받는 곳도 만들어 놓고 성수기에는 10원, 비수기에는 8원을 받고 지하 벙커를 관람하게 만들어 두었다.

청도산 포대 입구는 너무나 처연하다

독일이 칭다오를 점령한 이듬해인 1899년에 구축된 이 지하 벙커는 1914년 일본군과의 전투에서 독일군이 항복하며 파괴할 때까지 독일군 포대 지휘부가 사용되던 곳으로 일차대전 때 아시아 지역에서 있은 유일한 격전지이다. 일본은 1914년 6월 독일이 일차대전을 일으키자 그해 8월 연합국의 일원으로 칭다오를 침공하였고, 독일군은 이 지하 벙커에서 무려 석달 이상을 잘 버텼지만 결국 식량이 동이 나서 그해 11월에 항복함으로써 칭다오가 일본의 점령지가 되고 만다. 지하 벙커에 들어가 보면 사방이 적으로 둘러싸인 고립무원의 상태에서 무려 석달 이상을 버틸 수 있었던 이유를 알 수 있다.

바위산을 뚫어 만든 이 지하 벙커는 삼층 규모로(장소에 따라서는 오층이라 함) 총 면적이 16000평방미터에 이른다. 머리를 숙이고 들어가야 하는 좁은 입구는 삼중의 철문으로 되어 있고 땅 속을 삼층으로 나누어 그 중심부에 지휘구, 한 층 내려가 생활구와 후근구를 설치하여 모든 생활을 지하에서 할 수 있는 시설을 갖추었다. 병원, 창고, 주방, 보일러실, 저수고 등 사람이 살아가는데 필요한 시설과 지휘부, 회의실, 숙소 등 모든 전쟁에 필수적인 준비도 해 둔 것이다. 지하로 모든 것이 연결되어 있지만 지상으로 통하는 여기저기 여럿 만들어 두었다.

지휘부의 한 층 위에는 청도만이 내려다보이는 위치에 50밀리미터가 넘는 철제를 사용하여 토치카를 만들고 중앙에 철제 망루를 만들어 탱크의 상탑처럼 회전을 하고 상하로도 약간 움직일 수 있게 하여 사방을 감시하고 총격을 가할 수 있게 해 두었다. 워치타워에 올라가 상하 이십여 센티미터 좌우 일 미터 쯤 되는 망보는 곳으로 내다보니 청도만이 한 눈에 내려다 보인다. 이 망루가 회전을 하면 칭다오의 전 지역을 살필 수 있고, 여기서 지시하면 청도산 여기저기 만들어진 지하로 연결된 토치카에서 포격이나 총격을 가할 수 있으니 일본군이 이 지하 벙커를 점령하기 위해서는 많은 인적, 물적 피해가 없을 수 없었을 듯하다.

포대유지에서 오른쪽으로 언덕을 넘는 계단을 올라가 조금 더 가면 지하 벙커의 바로 위인 요망탑이 자리하고 있다. 요망탑(망루)으로 지하 벙커의 공기를 환기시키기 위한 굴뚝과 같은 시설들이 숲 속 여기저기 숨어 있다. 요망탑은 지하에 설치된 벙커 중에서 외부를 감시하기 위해 지상에 노출된 철제 시설로 웬만한 포격에는 끄덕이 없을 듯하다. 이런 요새 속에 당시로서는 최고 화력을 갖춘 포들을 장치해 두었다니 철의 요새라는 말이 바로 여기를 이른다는 생각이 들 정도이다. 청도산 공원을 돌아다니다 보면 바다나 시가지가 바라다 보이는 바위산 여기저기에 지상으로 나와 있는 시설들이 눈에 뜨이고, 홍도지로 쪽으로 나오다 보면 엄청난 바위 사이에 콘크리트로 만든 벙커와 지상으로 통하는 문과 포대의 보루 등이 아직도 당당하게 남아 있다.

청도만을 내려다 볼 수 있는 워치타워의 외관

이 시설은 일차대전 기간 중 일본군에게 넘어가 일본군의 지휘부로 쓰였고, 이후 중국군과 일본군이 지휘부로 돌아가며 사용하였다 한다. 또 이차대전 후에 미군이 칭다오에 진주하였을 때에도 미군이 이 벙커를 지휘부로 사용했고, 해방 후에는 중국군이 일부 사용하였다고 한다. 이러한 엄청난 시설을 1990년대에 들어 약간의 보수를 통해 보강하여 시민들에게 개방한 것은 아무래도 포대 앞으로 건물들이 들어서면서 이 지하 벙커가 군사시설로서의 효용성이 떨어진 탓인 듯하다. 또 전쟁의 방식이 달라진 것도 이러한 협소한 지하 벙커의 효용성이 떨어지게 한 이유가 될 듯하다.

독일인들이 만든 이러한 군사시설을 식민지 잔재라 하여 파괴하거나 감추지 않고 국민들에게 보여주고 오히려 이를 통하여 과거의 치욕을 잊지 않고 미래를 향해 나아가게 하는 역사 교육의 장으로 사용하는 것이 인상적이다. 일제의 잔재를 철저히 파괴하는 한국의 자세보다는 대국적이라는 느낌으로 다가오는 것이다. 하얼빈의 731부대 유지에 갔을 때의 느낌, 장춘에서 일제가 지은 만주국 청사 건물들을 그대로 두고 치욕의 역사를 생각하게 하는 것을 보았던 기억이 새롭다.

지하 벙커를 보고 청도산의 정상에 오르면 북포대가 있다. 지하 벙커 쪽의 포대들이 황해 쪽에서 칭다오로 침공해 오는 적을 막기 위해 청도만을 겨누고 있다면, 북포대는 교주만 쪽을 향하고 있다. 구 칭다오가 황해와 교주만이 이어지는 반도에 해당하므로 교주만에 대한 감시 또한 매우 중요한 일이었을 것이다. 중국이 칭다오를 되찾기 위해 공격을 한다면 제남 쪽에서 올 것이고, 그렇다면 교주만을 통과하는 것이 가장 빠른 침공로 아니겠는가. 북포대 자리에는 옛날 독일군들이 이 포대에서 사용하던 것과 같은 사양의 대포를 전시해 두었는데 칠팔 미터는 넘어 보이는 거대한 포신이 교주만을 향하고 있는 모양새가 당당하다. 당시에 이러 포 여러 문을 지하에 또는 지상에 위장해 두었다면 칭다오를 난공불락의 요새라 부를 만했겠다는 생각을 하게 된다.

남으로 청도만과 북으로 교주만을 지키기에 가장 좋은 이곳에 포대를 만들고 청도산의 분홍빛 바위를 뚫어 지휘부를 만든 독일 사람들. 제국주의가 횡행하던 시기에 좁은 조차지 안에서 살아남기 위하여 얼마나 많은 피와 땀을 퍼부었는지 짐작하게 해준다. 1897년 말 칭다오를 강제로 빼앗아 조차지를 만든 후, 한미했던 어항을 개발하고 이곳을 발판으로 동아시아에 대한 침략의 발판을 삼으려 하던 독일로서는 이곳의 사수가 필수적인 것이었으리라. 그들은 몇 만의 군대를 칭다오에 진주시킨 뒤, 제남까지 연결되는 기차를 부설하고, 전신을 연결시키고, 시가지를 개발하였다. 현재 구 칭다오의 얼개가 독일인들이 거주하던 시기에 다 만들어졌으니 칭다오의 뿌리는 이 도시를 장구한 식민지로 소유하려 했던 독일이라 하겠다.

교주만을 향해 불을 뿜을 듯한 북포대의 포신

그러나 약육강식의 논리가 횡행하던 제국주의 시대에 독일인들로 서는 언제 적이 칭다오를 들이칠지 모른다는 강박에 사로잡힐 수밖에 없었을 것이다. 그래서 그들은 무엇보다 먼저 지하 벙커를 만들고, 육 군과 해군의 병영을 짓고, 여러 곳에 포대를 설치하고 또 칭다오의 중 요한 군사시설을 연결하는 지하 통로를 뚫었다. 그리고 전쟁 상황에 대비하여 독일 시민들이 대피할 지하 대피소도 여러 군데에 만들어 두 기도 했다. 독일인들이 만든 지하 시설들은 현재 확인된 것도 있고 그 렇지 않은 것도 있다고 하나 확인된 대부분의 시설들도 안전 문제 때 문에 일반인들의 출입이 통제되어 있다.

청도산 공원은 포대 유지이기보다는 공원이다

이러한 노력에도 불구하고 일차대전이 발발하자 일본이 칭다오를 공격하여 독일군의 항복을 받아내고 자신들의 조차지로 만들어 버렸기 때문에 독일이 칭다오를 지배한 것은 17년밖에 되지 않는다. 엄청난 인력과 물자를 투입하여 칭다오를 개발한 독일로서는 참 허망한 일이 아닐 수 없을 듯하다. 이런 점에서 청도산 공원 더 나아가 구 칭다오는 제국주의 시대에 힘과 힘이 부딪히는 비이성적인 국제관계를 한눈에 이해하게 해준다. 아니 평화의 시대에 전쟁의 시대를 기억하고, 영광의 시대에 치욕의 시대를 잊지 않게 하는 역사의 교훈을 주고 있다.

청도산 정상에 올라 바라보는 칭다오 바다는 너무나 아름답다. 더욱이 청도만과 그 건너 황도 쪽으로 펼쳐지는 석양은 정말로 눈부시다. 이런 멋진 풍광이 또 이런 기가 막힌 항구로서의 입지가 칭다오를 지난 세기의 절반을 치욕으로 물들게 한 것이 아닌가 생각하게 된다.

덕국감옥 구지, 아름다운 역사 박물관

칭다오에서 가장 아름다운 건물을 알려달라면 사람들은 자신의 관점에 따라 여러 건물들을 꼽겠지만 나는 독일이 칭다오를 점령하고 도시로 개발하면서 필요에 의해 건설한 칭다오 덕국감옥을 들고 싶다. 감옥 건물이 아름답다고 하는 말은 참 이상하게 들리겠지만 1900년에 독일 당국이 문제를 일으킨 수병들을 감금하기 위하여 칭다오 항 한 켠에 세운 감옥 건물은 참 예쁘게도 지었다. 독일이 칭다오를 조차지로 확보한 후 장기간의 지배를 위하여 군인들이 기거할 병영을 짓고 총독부와 법원과 같은 관공소 건물과 주민들이 살 가옥과 교회 등을 건설하던 시기에 필요에 의해 감옥 건물을 짓게 되고 민간인들도 감금할 일이 생기면서 감옥 건물을 상당한 규모로 확장한다.

이후 일본이 점령하였을 때에는 중국의 열사들을 감금하기도 하였고, 중국 측이 지배하던 시기에도 죄수들을 감금하기 위하여 꾸준히 감옥을 중축하여 '인(仁)', '의(義)', '예(禮)', '지(智)', '신(信)'이라는 다섯 동의 옥사가 들어서 현재의 모습을 갖추게 된다. 다섯 동의 옥사를 1동

부터 5동까지의 편리한 명칭을 사용하지 않고 유학에서 말하는 인간
이 지켜야 할 다섯 가지 도리를 사용한 것은 감옥에 들어간 사람들에
게 인간으로서의 도리를 배우라는 의미인 것 같기도 하고, 또 중국의
문화적 역사와 그 깊이를 보여주는 것 같기도 하여 흥미롭다. 이 감옥
은 다섯 동의 옥사 건물 이외에도 간수들이 근무하던 건물을 비롯하여
창고, 작업장, 수고(水庫) 등 스물여섯 동의 건물로 이루어져 있어 대지
7,900평방미터에 건축의 면적이 도합 8,300 평방미터로 그 규모가 상
당하다.

종탑 모양을 한 감옥 건물은 너무나 아름답다

감옥으로 쓰인 건물 중 가장 먼저 지어진 '인' 동은 독일인들이 지은 것으로 19세기 보루의 형태를 빌어 3층 규모로 지어져 매우 아름다우며, 일본인들이 '의' 동을 증축하면서 평범한 감옥 형태의 삼층 건물로 지은 후 나머지 세 동은 이를 따라 지어 현재의 모습을 갖추었다. 독일이 칭다오를 조차지로 사용하던 1900년에 처음 지어진 이 감옥은 일본 점령 시대와 민국과 북양군벌이 다스리던 시대 그리고 미군이 다스리던 시대를 거쳐 중화인민공화국이 수립된 이후까지 꾸준히 칭다오의 감옥이나 구치소로 활용되다가 1995년 이후에는 칭다오 시 법제처의 부속 건물로 사용되고, 2004년 칭다오 덕국감옥 구지 박물관으로 지정되어 개수를 거친 후 2007년부터 시민들에게 유료 개방이 되었다고 한다.

옥사 안에 만들어 둔 이위동과 호신지의 조상

이 건물은 상당 기간 감옥으로 사용된 만큼 이곳에 수감된 역사적 인물들도 없지 않다. 박물관 측에서 감옥 구지 안에 이위농(李慰農)과 호신지(胡信之)의 조상(彫像)을 마련해 이 감옥을 거쳐간 사실을 기념하고 있다. 중국공산당 칭다오 사방지부 서기장이었던 이위농과 <청도공민보>의 주필이었던 호신지는 칭다오 지역의 노동운동을 지도하다가 1925년 7월 군벌에 의해 체포되어 이 감옥에서 상당 기간 지내게 되었다고 한다.

이 두 사람보다 나의 관심을 끄는 사람은 1934년 이 감옥에 갇혀 있었던 서군(舒群)이다. 원래 하얼빈 지역에서 연극운동을 하던 서군은 공산주의 활동을 하여 일제의 주의를 끌게 되었다. 1934년 3월 일제가 만주 지역의 혁명 인사들을 잡아들이자 하얼빈을 떠나 칭다오로 도망쳐 왔다가 그 해 9월 북양군벌에 의해 체포되어 이듬해 3월까지 이 감옥에서 지내게 된다. 서군은 이 감옥에서 그의 최초의 창작소설인 항일소설「조국의 어린이가 없다[沒有祖國的孩子]」를 창작하기 시작하였다.

서군이 누구인가. 만주사변 이후 항일의용군에 가담하고, 하얼빈 제1당보인『하얼빈신보』에 시와 산문을 발표하면서 문학 생활을 시작하였고, 1932년 의용군을 떠나 하얼빈으로 돌아온 후에는 제3인터내셔널에 가입하였고, 그 해 8월에 중국공산당에 가입한 열렬한 투사였다. 그는 만주 출신 작가 소홍에게 많은 영향을 미쳤으며, 1930년대 중반 같은 시기에 칭다오에서 함께 지내기도 하였던 인물이다. 칭다오 덕국 감옥에서 소설 창작을 시작한 그는 이후 작가로서 명성을 알리지 않았던가. 1930년대 중반 문일다, 심종문, 노사, 홍심 등이 이곳 칭다오에서 활동할 때, 서군이나 소홍 역시 칭다오에서 문학 활동을 함으로써 1930년대 칭다오의 문단을 활짝 꽃피게 하였다. 아마 칭다오로서는 이 시기가 중국문학사에서 가장 빛을 발한 시기가 아니었을까?

칭다오 덕국감옥 구지는 이러한 역사적 의미를 생각지 않더라도 건물 자체가 참 아름답다. 인의예지신 다섯 건물 중에서 1900년에 지어져 1935년 북양군벌에 의해 '인' 동으로 명명된 건물은 붉은 벽돌을 쌓아 반지하 1층, 지상 2층에 지붕 아래 벽공의 층을 둔 전형적인 독일식 건물 구조로 되어 있다. 전면 창 여섯 개, 측면은 복도에만 창을 낸 복식 형태로 지어진 이 건물은 전체적으로 보아 전형적인 감옥 형태로 되어 있다. 그러나 각 층을 연결하는 계단을 건물 밖에 원통형으로 달아내어 창을 계단을 따라 올라가며 경사지게 내고 지붕을 첨탑 형태로 만들면서 그 아래를 종탑 모양으로 만들어 상당히 멋을 내었다. 전체적으로 보루의 모양으로 지어진 이 계단 때문에 언뜻 보아 이 건물은 감옥이기보다는 아담하나 멋을 부린 호텔이라는 느낌을 준다. 하긴 감옥의 구조가 복도와 방으로 이루어진 구조이니 호텔이나 병원 등으로 활용할 수 있지 않을까?

현재 칭다오 덕국감옥은 '인' 동과 '의' 동을 박물관으로 개조하여 덕국 감옥의 역사와 수감되었던 사람들에 대한 기억을 더듬어 역사를 알게 하기 위한 장으로 사용하고 있다. 특히 일본인들이 지은 '의' 동에는 각종 고문 도구를 진열하고, 정치범을 수감하기 위해 바닥에 물을 깔아서 앉을 수 없게 만들어둔 수뢰(水牢)를 복원하여 일제에 대한 적개심을 잊지 않기 위한 교육의 장으로 활용하고 있다. 또 몇몇 건물은 현재까지도 칭다오 시 법제처의 교육기지로 만들어 사용하고, 또 박물관을 만들어 시민들에게 칭다오의 역사와 칭다오 시의 법제도 변화 등을 시민들에게 교육하기 위한 장으로 활용하고 있다.

이에 비해 '예', '지', '신' 동과 이전에 감옥의 간수들이 근무하던 부속건물 등은 모두 호텔과 식당으로 활용하고 있다. 만만치 않은 숙박비를 지불하고 완전한 감옥의 구조로 되어 있는 이 호텔에서 숙박할 사람들이 있을까 의문이었지만, 한 번 들어가 본 호텔 로비에서 이 호텔에 숙박하는 적지 않은 외국인들을 확인하고는 상상을 뛰어넘는 아이디어의 힘을 확인할 수 있었다. 유럽의 여러 나라들이 이제는 쓸데가 없어 버려진 고성들을 개축하여 박물관이나 호텔 그리고 식당으로 활용하는 모습이 떠오르기도 하였다.

감옥은 이제 여러 가지 용도로 활용된다

칭다오 덕국감옥 구지 박물관은 칭다오를 안내하는 책자에 소개되지 않는 경우가 많다. 이곳이 일반인들에게 개방된 것이 불과 4-5년밖에 되지 않는데 그 이유가 있는 듯하다. 칭다오에 가면 반드시 보아야할 이 건물은 잔교에서 청도만과 나란히 가는 난산로(蘭山路)를 따라 동쪽으로 걷다가 천후궁을 지나 대학로 정거장 못 미쳐 인민회당 뒤쪽 상주로(常州路) 25호에 자리 잡고 있다.

V

청다오 거주 한인들의 삶

조선족 집거 지역 이촌에 다녀와서

    이곳 살림에 필요한 한국식 반찬거리와 야채들을 좀 구하러 조선족들이 모여 산다는 이촌의 새벽시장에 가 보았다. 학교를 출발하여 버스를 한 번 갈아타고 이촌까지 가는데 토요일 아침 길이 막히지 않은 덕에 한 시간 반 가까이 걸렸다. 버스가 대체로 칭다오의 중심인 시정부와 오사광장 쪽으로 몰리다 보니 상당한 거리를 돌아가고 정류장과 신호등에서 자주 서는 탓에 시간이 많이 걸리는 것이지 직선거리로는 그리 멀지 않을 듯하다.

    이촌은 칭다오 시 이창구에 속한 한국의 읍 정도의 느낌을 주는 변두리인데 조선족들이 많이 모여사는 곳이란다. 이촌 지역에 들어서면서부터 길가에 한글 간판이 보이기 시작하더니 버스에서 내려 좁은 골목으로 들어서니 쇠머리국밥집부터 온갖 한국식, 연변식 음식점들이 한글과 한자를 병기한 채 죽 늘어서 있다. 조선족들의 집거지이다 보니 간판도 한국어와 중국어가 병기되어 있어 전체적으로 연변의 어느 먹자골목에 온 듯한 느낌이 든다. 이성주 군에게 연길 북대시장 느낌이 난다니까 거기보다는 조금 더 번화한 것 같단다.

약간 경사진 길을 따라 내려가니 재래시장과 난전이 펼쳐진다. 가운데 넓은 광장에 과일과 야채를 파는 난전과 생선이나 조개를 사오면 조리해 술과 함께 파는 좌판들이 늘어서 있고, 난전 양 옆으로 길게 늘어선 각종 가게들이 펼쳐진다. 이곳에는 참기름집이 몇 개나 있다. 중국 사람들이 거의 먹지 않는 참기름을 대량으로 짜서 판다는 것이 신기하다. 그리고 그릇점에는 중국 음식을 하는 조리 기구부터 한국 조리 기구까지 없는 것이 없고 다구를 파는 곳도 적지 않다. 건너편 건물 1층에는 생선가게가 늘어서 있다. 각종 신선한 생선과 건어물들을 파는데 조기 같은 생선도 눈에 뜨여 조선족 마을임을 알게 한다. 또 과일이나 야채 가게에도 중국인들이 좋아하는 향채나 동과를 파는가 하면 한국인들이 즐겨 먹는 깻잎도 판다. 그야말로 다양한 사람들의 다양한 먹거리들이 늘어서 있다.

이 군의 말로는 시장 귀퉁이에 이곳에 사는 조선족들이 농사지은 것들을 내다 파는 곳이 값이 많이 눅다는데 오늘은 쉽게 눈에 뜨이지 않는다. 연변에서 농사를 지어서는 돈을 벌 수 없으니까 한국인과 조선족들이 많이 모여 사는 칭다오 지역으로 이주해 와서 땅을 임대하여 농사를 짓는다는 것이다. 연변의 전통적인 농사를 벗어나 이곳에서 근교농업을 하면 같은 노동에 더 많은 돈을 벌 수 있겠지. 그러나 그런 사람들은 만나기도 어렵고 시간도 바쁘고 하여 필요한 야채과 마른 반찬 그리고 김치 등 당장 필요한 물건들을 구입하고 시장을 빙 돌며 구경을 하고 다시 먹자골목으로 나왔다.

골목 입구의 국밥집에서 아침을 먹으려 하니 시간이 일러 아직 문을 안 열었기에 할 수 없이 중국요리와 한국요리를 함께 취급하는 집을 찾아갔다. 중국음식집이지만 한국의 중국집에서 볼 수 있는 음식들이

186

주를 이루고 육개장, 시래기국, 콩나물국밥, 비빔밥 같은 한국 음식도 취급하는 집이다. 주인이나 종업원이나 한국말이 되는 것으로 보아 조선족이 여기 와서 음식점을 차린 모양이다. 콩나물국밥을 시켜 먹었는데 전주식은 아니지만 그런대로 시원한 것이 먹을 만하다. 시장 어디를 둘러보아도 여기는 칭다오가 아닌 연변의 어느 한 구석 같다. 이곳은 조선족들이 칭다오 시의 한 구석에 살며 만들어낸 그들의 새로운 삶의 터전인 것이다.

칭다오에는 10만에 가까운 한국인들이 들어와 있고, 조선족들도 20만에 가깝다. 한국인들 중 경제적으로 여유가 있는 사람들은 시남구나 노산구의 바닷가 지역에 많이 살겠지만, 돈 없는 한국인이나 조선족들은 다소 낙후된 이촌 지역에 집거를 하는 모양이다. 칭다오 시 지역에서 가장 낙후된 지역이라는 이창구에 속하는 이촌은 유정 공항에서 칭다오 시내로 들어가는 초입에 있다. 이전부터 농업 지역이던 이곳은 중심부 조금을 제외하고는 현재도 농토가 있고 문화대혁명 시기에 지어진 듯한 집단농장 형태의 집들도 자주 눈에 뜨인다. 이전에 유정 공항에서 칭다오 시내로 가려면 낙후된 이 지역을 지났는데, 북경 올림픽 당시 조정 경기를 칭다오에서 개최하면서 공항에서 시내로 고속도로를 만드는 바람에 이곳은 더욱 낙후되어 버린 것 같다.

최근 조선족들은 제 2의 디아스포라를 경험하고 있다. 일제 패망 이후 연변 지역에 자리 잡고 조선족 공동체 내에서 전통을 유지하며 가난한 삶을 영위하던 조선족들은 개혁개방 이후 적극적으로 경제적인 부를 찾아 고향 연변을 떠났다. 특히 한중수교 이후 경제적으로 격차가 심한 한국을 경험한 그들에게 연변은 너무나 좁은 울타리로 느껴졌다. 그래서 그들은 더 많은 돈을 벌 기회를 잡고 또 자식들에게 보다 나은 환경을 만들어 주기 위해 한국으로 이주하고 또 관내로 이동을 시작한 것이다. 호적상으로 190만 정도 되는 조선족 중에서 현재 동북지방에 남아 있는 사람들이 100만을 조금 상회한다는 이야기가 있을 정도이니 조선족의 새로운 디아스포라의 정도를 짐작할 수 있다.

이곳 칭다오만이 아니라 위해에도 조선족 집거 지역이 있고, 북경이나 상해나 천진 등 대도시에는 적지 않은 조선족들이 삶의 둥지를 틀고 있다. 한국인이 모여드는 중국의 도시마다 조선족들은 모여들고 그들은 그들의 새로운 공동체를 만들고 있다. 이곳 이촌의 풍경도 조선족들이 모여 살면서 독특한 문화를 만들어낸 것이다. 심양에 사는 조선족들이 서탑 거리를 조선족 지역으로 만들었고, 한국에 이주해 와서 대림동에 그들의 삶의 공동체를 만들었듯이 말이다. 하긴 조선족들은 연변이 자신들의 고향이기 하지만, 한족들 사이에서 소수민족이라는 섬을 이루어 살아가는 그들은 이미 모국을 떠나왔다는 의식을 저변에 가지고 있다. 그들이 고향을 떠나 나폴리로 밀라노로 옮겨가 한국인 상대 민박집을 할 수 있는 것은 그들의 이러한 뿌리 없다는 의식이 작용한 것인지도 모른다.

연변이라는 넓은 지역에 마을 단위로 존재하던 조선족 공동체는 이제 도시로 들어와 작은 마을에 새로운 공동체가 만들려 하고 있다. 그들은 조선족 아파트 공동체를 생각할 정도로 민족적 정체성을 지키려 애쓰고 있기도 하다. 그러나 이들 조선족 공동체의 미래는 어떠할까? 연변보다 나은 삶을 찾아 칭다오를 왔지만 화려한 칭다오를 옆에 두고 낙후된 이촌에 살면서 그들은 어떤 생각을 할까? 그들이 경제적으로 조금씩 나아진다면 낙후된 그들의 공동체를 떠나 보다 살기 쾌적한 지역으로 이주하게 될 것이고 그러면 서서히 조선족 공동체는 와해되는 것은 아닐까?

택시를 타고 학교로 돌아오는 내내 조선족들의 미래에 대한 생각이 머리를 떠나지 않았다. 칭다오 시의 어느 곳보다 낙후된 이촌의 모습을 떠올리면서.

조선족 민속 축제를 둘러 보고

중화인민공화국 건국 60주년인 10월 1일 칭다오 시 성양구에 있는 성양제2실험중학에서 칭다오 시에 사는 조선족들의 축제가 열린다기에 축구 선수로 나서는 조춘호 군을 따라 나섰다. 아침 일곱 시에 학교를 나서서 시정부까지 택시를 타고 502번 버스를 타니 공휴일에 이른 시간이어서인지 1시간 반 정도 걸려 성양 세기공원 앞에 내리니 바로 길 건너가 축제 장소인 성양제2실험중학이다. 학교 앞에는 승용차와 승합차가 줄지어 서 있고 학교 안 한 켠에 관광버스도 적지 않이 서 있다. 정문 위를 가로질러 아치 형태로 붉고 긴 풍선에 금빛 글씨로 칭다오 조선족 민속 축제라는 간판을 해 달았다.

교문을 들어서 축제 장소인 운동장으로 가기 위해 포도나무 사잇길로 들어서니 조선족 축제답게 위와 양 옆으로 칭다오에 있는 각종 조선족과 한국인들의 사업장을 알리는 간판들이 즐비하고 장사꾼들이 각종 물건들을 팔고 있다. 여기저기서 들리는 한국말, 연변말. 칭다오에 와서 늘 중국말 사이에서 살다 이곳에 오니 느낌이 새롭다. 축제가

열리는 운동장에는 트랙 양쪽에 기업과 단체를 홍보하는 붉은 빛 애드
벌룬이 열을 지어 서있고, 북쪽 스탠드에는 본부석을 만들어 양쪽으로
'대한민국 1등!', '경축 조선족 민속 축제', '경축 중화인민공화국 성립
60주년' 등 플래카드가 걸려 있다. 또 본부석 앞 트랙에는 황금빛 칠을
한 대포들이 열을 지어 있다.

한복을 차려 입고 하루를 즐기는 조선족 아낙네

몇천 명은 될 듯한 인파 사이를 돌아다니다가 중국해양대학 이용해
선생을 만나 인사를 하고, 주위를 둘러보니 운동장 주위로 단체나 모
임 별로 차일을 치고 옹기종기 둘러 앉아 한담이 한창이다. 입구 쪽으

로는 음식점, 주점, 수퍼 등이 진을 쳐서 먹고 마시는 데는 큰 어려움이 없을 듯하다. 이리저리 돌아다니다 보니 성장을 한 많은 조선족들이 오랜만에 만난 듯 악수를 하고 껴안고 인사를 나누느라 바쁘다. 늘 장사로 사업으로 바쁘다가 조선족 민속 축제에 성장을 하고 나와 그간의 회포를 푸는 모양이다. 한복을 예쁘게 차려 입은 할머니들, 예쁜 정장에 구두를 신고 목걸이까지 두르고 나온 아주머니들이 따가운 햇살을 아랑곳 않고 담소들을 나눈다. 새로 구입하여 박스에서 꺼내 그대로 입은 듯 주름이 잡힌 와이셔츠를 입고 넥타이를 매고 어색한 자세로 담소를 나누는 아저씨들의 모습이 정겹다. 다들 오늘을 위해 한껏 멋을 낸 아름다운 풍경이다.

민속축제에서도 건국 60주년 축하 문구는 발견된다

아홉시 정각이 되자 청도이공대학 김홍림 선생의 사회로 개회가 선언된다. 오늘 행사를 축하하는 몇 마디 안내에 이어서 운동장 트랙을 따라 늘어서 있던 참가자들의 입장이 시작된다. 오성홍기를 앞세우고 조선족 민속 축제기, 중국건국60주년 축하기 등 몇 개의 깃발 들이 이어진 뒤, 칭다오 노인회 회원들이 농악대를 꾸려 풍물을 잡히며 지나가고, 한복을 차려 입은 노인 분들이 길게 줄을 지어 입장한다. 먼 타국 땅에서 소수민족으로 살면서도 자신들의 민족주체성을 잃지 않고 한복을 차려 입고 한국 농악대를 꾸리고 나오는 모습에 코끝이 찡하다. 이어서 칭다오 지역에서 대학이나 연구소 등에 근무하는 조선족과학문화연합회 회원들이 열을 지어 지나가고, 성양 지역에 있는 두 개의 소학교 학생들의 행진이 이어진다. 아이들이 앞장서고 선생님들이 옆에서 뒤에서 아이들은 인도하는데 이 역시 조선족들이 조선족으로 살아가기 위하여 자신의 아이들을 조선족 소학교에 입학시킨 결과이리라. 교문 앞에서 나누어주는 많은 광고지들 중에 성양 지역 조선족 학교의 안내문이 몇 개 있었던 것이 생각났다.

뒤이어 칭다오 지역에 있는 조선족 대학생들이 입장하고, 끝으로 칭다오 지역 조선족상공회의 각 지부들이 입장을 한다. 이창, 성양, 교주, 황도 등 조선족들이 집거하는 여러 지역의 상공인들이 지역별로 유니폼을 입고 줄지어 들어온다. 연변 지역에 살던 조선족들이 개혁개방 이후 돈을 벌기 위해 한국 기업들이 자리를 잡는 칭다오로 옮겨온 것이 이들 상공인들의 시작이다. 그들은 1990년대 초부터 이곳으로 이주를 시작하여 이제는 칭다오 지역의 조선족이 20만에 가깝게 늘어나 중국에서 연변 지역을 제외하고는 가장 많은 조선족이 집거하는 곳으로 발전시켰다. 그들은 한국 기업이 많지 않은 칭다오의 중심부보다는 교주만을 따라 건설된 이창, 성양, 교주, 황도 등지의 공단에 기업을 차린 한국인들을 상대로 장사를 하고 또 그들 나름으로 기업을 일으켜 현재의 칭다오 지역 조선족의 근간이 된 것이다. 오늘 이 축제도 몇몇 한국 기업의 협찬과 이들 상공인들의 출연으로 이루어진 것이라니 이들이 칭다오 조선족의 핵심이 아닐 수 없다.

중국 안의 소수민족은 중국 사람이 되어야

입장이 끝나자 예의 높은 분들의 축사가 이어진다. 조선말과 중국말이 공존하는 내빈들의 인사에 역시 자리가 자리인지라 조선말이 주를 이룬다. 이곳에 자리한 대부분의 조선족들이 중국말을 못 알아듣는 바는 아니겠지만 그들에게 조선말은 그들이 하나라는 것을 느끼게 하는 것이니만치 여기서는 중국말이 거의 사용되지 않는다. 약간은 지리한 내빈들의 인사가 끝나자 운동장 가운데 있는 민속 축제 참가 운동선수들이 각자의 손에 들었던 풍선을 날리고 트랙에 차려져 있던 대포에서 종이 꽃가루 화포를 쏘고 비둘기를 날린 후 공식 행사를 끝나고 각종 운동 경기가 시작되었다. 운동장 주위로 빙 둘러 서 있는 이삼천 명은 되어 보이는 사람들이 개막식 내내 박수를 치고 사진을 찍고 인사를 하며 즐거운 시간을 보낸다.

운동 경기는 씨름, 줄다리기, 달리기, 배구 그리고 축구 등이 중심을 이루고, 시합 사이사이에 노인회 회원들이 100여 명씩 나와 사교춤과 한국 춤과 풍물놀이 등을 공연하는 것이 인상적이다. 또 씨름장에서 노인 분들이 벌이는 지게지기 대회는 우리 민족의 삶의 한 모습을 놀이화한 아이디어가 참 기발하다는 생각이 들었다. 운동 경기는 대회 본부의 진행대로 이루어지지만, 그보다 운동장 가에 자리 잡은 많은 사람들이 자리를 깔고 차려온 음식이나 축제장에서 파는 음식을 사다가 열 명, 스무 명씩 둘러 앉아 먹는 모습이 정겹다. 백주와 맥주로 여기저기서 술판이 벌어지고 흥에 겨운 노인들은 한국판 트로트를 엠프로 틀어두고 여기저기서 춤판과 노래판을 벌인다. 역시 음주가무를 즐기는 한민족의 본성은 여기서도 이어지는가 보다. 오후로 넘어가면서 분위기는 점차 무르익어 간다. 운동 경기는 참가한 팀 단위로 점차 열기를 더해 가고, 시간이 지날수록 늘어나는 사람들로 또 술과 춤과 노래로 흥이 오른 사람들로 축제 장소는 흥청거린다.

칭다오 지역의 조선족 축제는 올해로 4회를 맞이하였다고 한다. 불과 사 년만에 수천 명의 조선족이 모여 하루를 함께 즐기는 축제로 만들어낸 것은 일을 추진하는 칭다오 지역 조선족 상공회원들의 힘도 크겠지만 조국을 떠나 또 연변을 떠나 두 번의 디아스포라를 경험한 이 지역 조선족들이 공통으로 가진 소수민족으로서 자신의 정체성을 지키려는 뜨거운 마음의 결과일 것이다. 이는 체육대회에 참여하는 소수의 젊은 선수를 제외하고는 이 행사에 직접 참여하여 무언가 보여주고 있는 사람들의 거의 전부가 노인들이라는 점이 단적으로 말해준다. 그들은 자신의 의지로 또는 자식의 직장을 따라 조선족 집거 지역에서 이곳으로 건너왔기에 누구보다 더 자신들이 젊어서 즐기던 그것이 더욱 소중하게 느껴지고 그것을 지킴으로써 자신들의 정체성을 유지하고자 하는 것이리라.

조선족이 연변 지역을 떠나 중국 각처에 산재하게 되면서 사실 그들이 조선족으로서의 정체성을 지키기는 어려워지고 있다. 이곳 축제장에서도 부모들이나 노인들이 어린아이들과 말할 때는 중국말을 사용해야 하고, 할아버지가 손자에게 말하기 위해 주위의 젊은 사람의 통역을 시키는 것을 보며, 이곳 칭다오의 조선족들이 자신들의 말과 문화를 지켜내기가 얼마나 지난한 일인지 알게 되었다. 오늘 하루 모여 즐겁게 떠들고 마시는 조선족 민속 축제도 조선족이라는 의미가 점차 사라져 가는 것을 느끼고 그것을 지켜보려는 노력이 아니겠는가. 미국의 한인들이 집거 지역을 중심으로 코리안 데이 행사를 하는 것이나 고향을 떠난 지 오랜 사람들이 향우회를 갖는 것이나 무엇이 다르겠는가. 다 자신들이 떠나온 것에 대한 기억을 잃지 않으려는 노력이고, 그것은 사라지는 것에 대한 아쉬움의 한 표현이기도 한 것 아니겠는가.

늦은 시간까지 거기서 함께 즐길 사람도 없고 해서 해가 약간 기울자 축제장을 벗어나 칭다오 행 버스에 몸을 실었다. 늘어선 공단과 한중 병용 간판들 사이를 지나면서 차창이 뿌옇게 변하면서 무어라 말하기 어려운 가슴 뻐근한 아픔을 지울 수 없었다.

중국 방송을 시청하기 어렵네요

조선족 민속 축제를 구경하러 성양(城陽)에 갔다가 황당한 경험을 하였다. 개막식이 끝나고 보니 시간이 국경절 기념식이 열리는 시간이어서 학교 밖으로 나가 차나 맥주를 한 잔 하면서 북경에서 성대하기 그지없이 열리고 있을 건국60주년 기념행사의 중계방송을 보는 것이 좋을 듯하여 몇이 작당을 하여 행사장을 빠져 나왔다. 행사가 열리는 세기공원 근처에는 상가가 별로 없는 지역이지만 버스 정류장 부근에 있는 상가에 한국 음식점들이 줄지어 서 있기에 편안한 마음으로 그리 향했다. 조선족 민속 축제라는 큰 행사가 있는 날이니만치 상가들은 이른 시간에도 대부분 문을 열었다. 아직 열병과 분열이 시작되지 않은 시간이니 느긋한 마음으로 식당 문을 열고 들어갔다.

아직 이른 시간이라 종업원들이 텔레비전을 보고 있는데 열병식 장면이라 이거 잘 되었다 하고 텔레비전을 보니 이명박 대통령이 열병을 받고 있다. '이건 뭐야?'하고 자세히 보니 KBS1을 보고 있는 것 아닌가. 종업원들에게 북경에서 진행되고 있는 기념행사 방송을 보게 중국

197

공영방송을 돌려달라니까 중국방송은 나오지를 않는단다. 이런 황당한 일이. 개점을 한 식당마다 중국방송을 볼 수 있느냐고 묻고 다니는데 어느 가게에서나 한국방송만 나올 뿐이란다. 한 음식점 주인이 한국 음식점이 늘어서 있는 이 지역에는 중국어 방송 케이블이 들어오지 않아서 위성 안테나를 달아 한국방송만을 볼 뿐이란다. 아니, 말이야 그렇게 하겠지만 여기에 있는 이 많은 가게 주인 중 어느 누구도 중국 케이블 방송을 신청하지 않았다는 말 아닌가.

민속 축제 행사장을 빠져 나온 명분도 있고 해서 성양 시 중앙에 자리 잡은 한국 음식점 밀집 지역으로 자리를 옮기기로 하였다. 택시를 잡아타고 사 킬로미터 정도를 가 시정부 청사를 지나니 그 뒷 블록인 중성로(中城路)인데 넓은 길을 따라 길 양쪽으로 한국어와 중국어가 병기된 음식점 간판들이 이어진다. 한국 음식점, 한국식 노래방, 한국식 카페, 한국식 슈퍼 등이 줄지어 있는 것이다. 여기는 시내 한 가운데이기 때문에 케이블 방송이 연결되어 있어서 중국방송이 나올 것이라 생각하고 차와 맥주를 함께 할 만한 가게를 찾아 들어가니 중국 방송은 안 나온다며 종업원이 자기 차로 다른 가게로 데려다 준다. 그 집에서 자리를 잡으려 하다 보니 역시 한국에서 열리고 있는 국군의 날 기념식 중계방송이 나온다. 역시 중국 방송은 안 나온다는 이야기. 결국 우리가 점심을 먹기로 한 풍무식당으로 가니 우리 요구에 따라 중국방송을 잡아 보겠다고 케이블 방송을 연결하여 애를 쓰는데 도저히 연결이 되지 않자 역시 한국방송을 틀어준다.

성양에서 장사를 하고 있는 대부분의 한국식 가게에서는 중국방송은 안 나오고 한국방송만 나온단다. 이 지역은 칭다오에서 의도적으로 키우고 있는 공단 지역으로 특히 한국 기업들이 많이 들어와 있다. 이곳에 입주한 기업과 관련하여 현재 칭다오 지역에 상주하고 있는 한국인들이 10만 명을 상회한다고 한다. 게다가 한국인을 상대로 돈을 벌기 위해 동북 지역에서 건너온 조선족들이 대체로 공단이 있는 이곳 성양과 황도, 이창, 교주 등지에 20만 명 정도가 모여 살고 있다. 상황이 이러니 한국인과 조선족이 주로 모이는 이 지역은 연변과 같은 모습으로 변화해 가는 것은 당연한 일일 것이다. 결국은 그 지역에서 우세를 점하는 사람들이 공유하는 문화가 그 지역의 새로운 문화를 생산하는 법이니까.

결국 중화인민공화국 건국 60주년 행사를 중계방송으로 보지 못하면서 참으로 씁쓸한 기분이 들었다. 조선족자치주인 연변지역에서는 어디서나 한국방송을 볼 수 있다. 중국의 각 방송사가 송출하는 중국어 방송과 연변방송국이 송출하는 한국어와 중국어 방송 그리고 한국방송을 모두 시청할 수 있는 것이다. 연변지역 케이블 방송이 이 모든 방송을 한꺼번에 송출해 주기 때문이다. 그러나 700만이 넘는 인구가 살고 있는 칭다오 지역에서는 한국어 방송의 수요자가 30만 명밖에 되지 않기 때문에 케이블 방송에서 한국어 방송을 송출해 주지 않는다. 그래서 한국인이나 조선족들이 한국방송을 보기 위해서는 별도의 접시형 안테나와 콘솔박스를 구입하여 한국에서 송출하는 위성방송을 시청해야만 한다. 그런데 중국 케이블 방송은 초도 설치 비용은 적게 들지만 지속적인 시청료를 물어야 하고, 접시형 안테나는 시청료는 없지만 초도 설치 비용이 만만치 않게 들어간다.

성양 지역의 상인들이 한국방송만 시청하고 중국방송은 시청하지 않는 이유는 무엇일까? 자신들의 가게를 이용하는 주된 고객들이 한국인이거나 조선족들이다 보니 그들이 주로 한국어 방송을 원하기 때문이라는 것이 중요한 이유일 것이다. 또 식당의 주인이나 종업원들도 한국어가 익숙하기 때문에 한국방송만 보아도 별 어려움이 없다는 것도 중요한 한 이유가 될 것이며, 초도 설치 비용을 들이더라도 지속적인 시청료가 들지 않아 경제적으로 이득이라는 점도 중요한 이유일 것이다. 그런데 이러한 그럴싸한 근거가 있다고 하더라도 중국에서 한국 방송만 시청할 수 있는 이러한 시스템이 과연 필요하거나 정당한 것인지 생각해 보지 않을 수 없다.

성양 지역 식당이나 매장에 조선족들만 근무하는 것은 아니다. 종업원의 상당수가 한국어를 모르거나 알더라도 일상적인 한국어를 겨우 사용하는 중국인들이다. 그들에게 자신들이 들을 수 있는 텔레비전 방송에 아예 접근조차 하지 못하게 하는 것이 올바른 일인가는 의문스럽다. 자신의 나라에서 자신이 시청할 수 있는 자국어 방송을 보지 못하고 남의 나라 방송만을 보게 한다는 것은 엄연한 인권 침해일 듯하다. 아마 한국에서 그러한 매장이 여기처럼 늘어서 있다면 분명 언론에서 또 인권 단체에서 들고 일어날 것이 분명해 보인다.

경제적 이득이라는 것은 중국어 방송을 찾는 손님이 없다는 것과 불가분의 관계를 갖는다. 이것이 한국인 상가 지역에서 중국방송을 시청하지 못하는 사태의 본질이자 문제의 심각성인 것이다. 이 지역 상인들이 한국방송만을 시청할 수 있게 한다는 것은 성양 지역에 사는 한국인들이나 조선족들이 대부분 한국의 정치, 경제, 사회, 문화 등에 대해서는 깊은 관심을 갖지만 상대적으로 중국의 그것에 대해서는 관심을 갖지 않는다는 의미이다. 이것은 그들은 중국 안에 살고 있으면서도 자신이 중국에서 살아가야 한다는 사실을 거부한다는 뜻이 된다. 연변에서 한국 교육부 장관의 이름은 알면서 중국 교육 관련 장관의 이름은 모르는 교수를 보고 한국방송을 주로 시청하는 일이 주는 폐해라는 생각을 한 적이 있는데 이 역시 마찬가지의 설명이 가능하다.

조선족들은 중국인이지 한국인이 아니다. 나이가 든 조선족들의 경우 한국어가 편하다는 이유로 한국어 방송을 시청하는 경우가 적지 않다지만, 중국에서 살아가야 하는 상황에서 중국방송을 보고 중국의 현실에 조금 더 다가가야 할 것이다. 이런저런 이유로 중국에 장기간 체류하여야 하는 한국인들의 경우도 마찬가지로 가끔씩은 중국방송을 통해 뉴스나 교양 프로그램 등을 시청하여 중국 사회의 여러 문제들에 대해 알아야 할 필요가 있을 것이다. 이것은 소수민족으로 살아가는 또는 다른 나라에 장기 체류하는 사람들이 가져야만 할 마음가짐일 수 있다. 그래야만 다수의 사람들 속에서 거부감을 발생시키지 않고 조화롭게 살아갈 수 있을 것이다. 한국인이나 조선족이 중국에서 좋은 이미지를 구축하지 못하고 약간의 배척을 당하는 것은 자기들 중심으로 살아가는 이러한 생활 습속의 탓은 아닌가 하는 생각을 해 볼 필요가 있을 것이다.

14억 중국인들이 건국 60주년을 맞이하여 벌이는 국가적 행사에 흥분해 마지않는 국경절 날 그것도 같은 시간에 조선족 민속 축제의 개회식을 하는 집행부나, 북경에서 이루어지고 있는 국경절 행사의 중계방송보다 서울서 이루어지고 있는 국군의 날 행사의 열병과 분열을 시청하고 있는 식당 주인이나 모두 다 중국 사회 내에서 썩 조화로운 모습은 아니라는 생각을 떨칠 수 없다.

칭다오 천주교당에서의 한인 미사

　중국 성당에서는 미사를 어떻게 지내는지가 알고 싶다는 아내의 청을 들어주려고 일요일 아침 열 시쯤 숙소를 나서서 제2문으로 나가 대학로, 황현로, 호남로, 이수로, 덕현로를 지나 중산로 천주교 성당으로 가보았다. 1932년 독일인이 설계하여 짓기 시작하여 1934년 준공한 두 개의 첨탑을 가진 고딕 양식의 이 미카엘 성당은 남경 정부가 칭다오를 다스리던 시절에 지은 가장 대표적인 건물로 칭다오 최대의 관광명소로 꼽힌다. 성당 앞에 도착하니 셀 수 없이 많은 신혼부부들이 혼인복을 차려 입고 사진을 찍고 있다. 중국 사람들이 대부분 낮에 식당에서 식사를 하며 결혼식을 하니 일요일 이 시간에 사진 배경으로는 그저 그만인 성당 앞에 신혼부부들이 모여드는 것은 당연한 일인 듯하다.

　신혼부부들 사이를 지나 성당 앞에 도착해 보니 성당 앞을 둘러싼 철책과 철문은 닫혀 있고 역시 내부 수리 중이라는 팻말이 걸려 있다. 아내가 그래도 성당이라면 일요일에는 개방을 할 터인데 사진 찍는 사람들이 성당으로 들어올까 보아 그런 것 아니겠냐길래 유심히 철책 안

202

을 살피다 보니 성당 안에 사람들이 왔다 갔다 하는 것이 보인다. 앞 쪽 철문은 잠겨 있지만 어딘가 들어갈 길이 있는 모양이라 생각하고 성당을 한 바퀴 돌며 입구를 찾아보기로 하였다. 성당을 돌다보니 본당 뒤 쪽 담에 작은 철문이 있다. 혹시나 하고 밀어보니 쉽사리 열린다. 성당 마당에 들어가 주위를 살폈다. 널찍한 마당에는 관리인 몇 사람 뿐인데 우리에게 신경을 쓰지 않고, 본당 뒤에 자리한 부속 건물에서 미사를 하고 있는 듯하다. 아내에게 들어가 보겠느냐니까 미사이기보다는 성경 공부하는 방 같다며 본당 안에 들어가 보잔다.

중산로 성당 앞에는 늘 관광객들이 넘쳐난다

본당 앞으로 걸어가는데 웬 할머니가 고운 한복을 입은 어린 여자아이를 유모차에 태우고 온다. 한국 사람이구나 싶어 말을 거니까 아이의 영세를 받으러 왔는데 시간이 늦어져 다음에 받아야 하게 되었다며 안에서 미사가 열리고 있으니 들어가 보란다. 중국 사람들 미사를 보게 될 모양이라 생각하고 본당 정문으로 돌아가다 보니 작은 팻말에 '한인미사 – 10시 15분'이라는 글귀가 보인다. 어, 이상하다? 하고 본당 안에 들어가 보니 신부님이 강한 경상도 악센트로 강론 중이다. 안내하는 신도에게 물어보니 이 미사는 한인 신부의 집전으로 칭다오의 한인 천주교 신자들이 모여 갖는 미사란다. 아내와 나는 성당 뒤쪽 자리에 앉아 미사에 참례하였다. 아내는 몇 년 간 냉담 중이지만 이렇게 칭다오에 와서 한인 미사에 참여하는 것이 즐겁기도 하고 신기하기도 한 모양이다.

내 자리 옆에 다른 분의 주보가 놓여 있기에 읽어 보았다. 주보 첫 면 상단에 대구대교구 칭다오 교구 성 미카엘 정하상 성당이라는 문구가 있다. 이곳 칭다오 교구는 대구대교구의 홈페이지에는 하나의 교구로 지정되어 있지는 않은데 이곳에서는 칭다오 교구로 자칭하는 모양이다. 물론 이곳 중산로 천주교 성당이 대구대교구 칭다오 교구의 본당일 수는 없겠지만 본당 신부님도 있고 그 외에 신부님들도 여러 분 계신 모양이다. 집전을 하는 신부님 말씀에 따르면 오늘 미사는 본당 신부님은 건강이 좋지 않으셔서 대신 집전을 하는 듯하다. 그렇다면 여기 칭다오에 한국인 신부가 적지 않다는 이야기이고 신도들도 오늘 모인 사람들만 보아도 상당한 숫자일 듯하다. 중국 땅 칭다오에서 그 중에서도 가장 대표적인 중산로 천주교 성당에서 매 주일 열 시 십오 분부터 한인들의 미사가 열린다는 것은 참으로 놀랄 일이 아닐 수 없다.

미사가 끝나고 그간에 내부 수리 중이라는 이유로 살펴보지 못한 성당 내부를 둘러보았다. 내부 수리 중인 것은 아닌 것 같고 성당의 내부는 외부의 아름다운 모습과 달리 참 단순하다. 성당 정면의 제단이 매우 단순하여 역사적인 무게가 느껴지지 않고, 전체 실내의 모습이 몇 개의 성화와 조각을 제외하면 개신교 교회라는 느낌을 줄 정도로 단순하다. 독일인이 설계하여 지은 대주교좌 성당이라 외부는 나름대로 아름답지만 성당 내부의 장식이란 오랜 시간의 두께가 필요한 법인데 성당이 준공된 후 삼년 만에 일본인이 칭다오를 점령하고 다시 전쟁으로 밀려들어 갔고 또 문화대혁명을 겪고 하는 동안 성당 내부를 장식할 장식품이나 미술품을 마련하지 못한 결과인 듯하다. 성당 앞의 제대나 좌우의 벽화도 약간은 조잡하고 양편 창을 장식한 유리도 스테인드 글래스가 아니고 유리에 색을 칠한 것이어서 빛이 강한 부분은 색이 바래고 한 것이 상당히 조잡하다. 하지만 칭다오 주교좌 성당으로 지어져 팔십 년이 넘는 역사를 가진 이곳에서 한인들이 주말 미사를 드린다는 것만으로도 자주 와볼 만하다는 생각을 하며 성당 밖으로 나왔다.

칭다오 지역의 한인 천주교인들이 모여 종교 행사를 한 역사는 상당히 긴 모양이다. 개혁개방 이후 칭다오 지역에 나와 사업을 하던 독실한 천주교 신자 다섯이 모여 주말 예배를 드리던 것이 뿌리가 되어 한중수교가 이루어진 다음에 처음으로 한인천주교 교우회가 결성된 모양이다. 이후 한인교우회가 수십 명의 신도들이 모여들고 예배 활동이 활성화되면서 신부님을 모시고 제대로 된 미사를 지내고 싶다는 생각을 하게 된다. 해서 교우회에서 여러 방면으로 노력을 기울여 1995년 처음으로 포항성당의 김두신 요한 신부님의 집전으로 공소미사를 하였고, 이후 공소예절을 시작하게 된다. 그해 12월 20일부터 중국 대련에 유학 중이던 수원교구 소속 홍창진 요한보스코 신부님의 집전으로 월 1회의 공소미사가 교우의 사업장 한 곳에서 정기적으로 진행되기에 이른다.

미사가 끝난 성당에는 성스러운 여운이

중국에서의 종교행위, 특히 외국인의 종교행위는 중국정부의 허가를 받아 정해진 시간과 장소에서만 할 수 있기 때문에 이 시기에는 한 달에 한 번 열리는 공소미사도 매번 중국정부의 허가를 얻어 미사를 봉헌하여야 하였다고 한다. 그리고 칭다오 한인 천주교 사회에 주임신부가 처음으로 자리한 것은 1997년 10월인 모양이다. 당시 천진에서 한인천주교회 공동체 사목을 하시던 김철재 바오로 신부님이 대구대교구의 승인으로 초대 주임신부로 부임하여 칭다오 공동체의 기초를 다지게 된 것이다. 천주교 교우의 숫자가 늘어나면서 상당 기간 동안은 중국 정부가 일반 외국인의 집회를 허용하는 유일한 공간인 호텔에서 미사를 드릴 수밖에 없었다. 그러나 신자들이 늘어나자 칭다오 지역 신자들은 1998년 중국정부 종교국의 허가를 받아 한국 교민만을 위한 주일 미사를 칭다오 주교좌 성당인 이곳 중산로 성미카엘 성당에서 봉헌하게 되었다는 것이다.

지금은 중산로 미카엘 성당에 중국 칭다오 천주교 한인 공동체 사무실을 마련하고 사제관과 수녀원을 두고 있을 정도이며, 칭다오 지역 천주교 신자들이 봉사 활동(레지오)도 열심히 하고 있는 모양이다. 주말 미사를 일요일마다 중산로 성당에서 갖고 있고, 주중에도 적지 않은 종교 모임들을 이 성당과 복주북로에 마련한 '친교의 집'에서 갖고 있다고 한다. 또 중산로 성당이 구 칭다오 지역에 있어서 거리상 미사에 참여하기 어려운 외곽 지역에도 신부님들이 나가서 미사를 올린다고 한다. 칭다오 지역의 한인 천주교인들이 작은 모임을 가진지 20년도 안 된 시점인 현재 본당 신부를 가진 하나의 교구 형태로 자리를 잡았다니 이는 칭다오 지역 천주교인들의 꿈이 이루어진 것이라 하겠다.

한국의 천주교 도입 단계가 그러했듯이 종교 모임을 인정하지 않는 또 외국인의 모임을 통제하는 중국에서 이렇게 주말 미사를 갖기까지 칭다오 지역 한인 천주교인들이 기울인 노력이 어떠할지 짐작이 간다. 종교적 믿음의 힘, 그것은 인간의 이성이 갖는 그 어떤 힘보다 작지 않다는 것을 새삼 느끼는 기회가 되었다. 칭다오 지역 한인 기독교인들은 또 어떻게 모임을 꾸리고 있을지, 불교인들은 어떤 방식으로 신앙을 유지해 가고 있는지 궁금해진다. 어떤 기회에 그들의 종교적인 모임에도 참석할 수 있는 기회가 있기를 기대해 보았다.

미사가 끝나고 나오니 성당 마당에서는 많은 한인들이 인사를 나누고 있고 신부님들이 모두 나와 신도들을 일일이 마중한다. 또 주중에는 내부 수리 중이라고 늘 닫혀 있던 상당 정면의 철문도 열려 있어서

207

자유로운 출입이 가능하여 어느 날과는 다른 풍경을 보인다. 한국인들끼리 인사를 나누고 안부를 나누고 하는 것이 한국의 어느 성당에 온 듯한 착각에 빠지게 한다. 처음 자리한 자리여서 그렇겠지만 천주교도인 아내도 조용히 성당만 둘러보고 밖으로 나가잔다. 나야 신앙도 없는 처지, 대부분 신도들이 빠져 나간 성당에서 몇 장의 사진을 찍고 정문을 통해 광장으로 나섰다.

　한인들의 미사가 있는 날이라 그런지 성당의 광장 쪽 출구에는 열 명이 넘는 거지들이 몰려와 동냥을 하고 있다. 종교적인 의식을 치르고 나온 사람들이 그냥 지나치지 못한 덕분에 거지들의 동냥 그릇에는 적지 않은 돈들이 모여 있었다.

성모상 앞에서 사람들은 아쉬움의 인사를 나눈다

칭다오와 연변은 느낌이 다르다

두만강 포럼에 참석하기 위해 칭다오에서 연길을 다녀오면서 많은 생각을 하게 되었다. 칭다오에서 연길은 참 먼 거리다. 칭다오에서 연길까지의 직선거리도 만만치 않지만 기차로 가자면 황해와 발해만이 가로막고 있으니 천상 제남을 거쳐 북경을 지나 심양으로 해서 연길로 가는 모양이다. 예전에는 기차를 갈아타느라고 심양에서 반나절을 기다려야 했는데 이제는 그래도 직행기차가 생겨 많이 편리해져서 35시간 정도 걸리는 모양이다. 그나마도 좌석을 구하기가 하늘의 별 따기라 자칫하면 서서 가는 일이 생기는 모양인데 이건 참 고생도 이만저만이 아닌 일이 된다.

칭다오에서 연길로 가는 직항 항공편이 생긴 것은 그리 오래 되지는 않은 모양이다. 그래도 하루에 한 편이 정기적으로 칭다오와 연길을 연결시켜주니 나처럼 급하게 칭다오에서 연길을 다녀와야 하는 사람들에게는 퍽 다행스러운 일이다. 왕복 가격은 1800위안 정도로 만만치 않지만 2시간 정도면 이동이 가능하니 더없이 편리한 교통편이다.

두만강 포럼이 있기 한 달 전에 항공권을 구입하고 느긋한 마음으로 연길 갈 날을 기다렸다.

학술대회 전날 칭다오 공항에 나가 발권을 하려 하니 예약권에 이름이 한자로 쓰여 있는데 내 여권이나 비자에 한자가 없어서 동일인임을 확인할 수 없다며 발권이 안 된단다. 다행히 이춘매 선생이 공항에 동행을 해주어 통역이 되어서 이해영 선생에게 여행사에 연락하여 재발권하게 하는 어려운 절차를 겪은 다음에야 겨우 발권을 하고 수속을 밟을 수 있었다. 비행기가 한 시간 지연되었기 망정이지 그렇지 않았더라면 눈 뜨고 연길을 가지 못하는 황당한 일이 벌어질 뻔하였다.

여덟시 반이 지난 연길은 첫 추위로 꽁꽁 얼어 있다. 나름대로 두꺼운 옷을 챙기고 와서 공항에 내리자마자 갈아입었으니 공항에서 백산 호텔로 이동할 수 있었지 아니었으면 추위에 큰 고생을 했을 듯싶다. 연변대학에서 제공한 차로 이동을 하다 보니 중국 어느 도시나 다 그렇듯이 연길도 올 때마다 참 많이 변하고 있다는 생각이 든다. 부르하통하 남쪽이 개발되기 시작한 것이 몇 년 되지 않은 것으로 아는데 이제는 완전히 도시의 모양을 갖추어 강북의 원래 연길에 못지않게 번화해져 있다.

호텔에 짐을 풀고, 늦은 시간까지 나를 기다리고 있는 연변대 김호웅 교수와 아주대 송현호 교수와 함께 저녁을 먹으러 나서니 도시 전체가 네온사인으로 휘황하고 늦은 시간인데도 술집과 음식점과 노래방과 마사지 집 등 유흥업소가 성업 중이다. 현지에 산업체가 별로 없는 연길이 이렇게 소비문화가 발달한 것은 연변 사람들이 한국에 노동자로 나가서 벌어들이는 돈의 힘일 터. 김호웅 선생의 말에 따르면 최근 위안화의 강세로 한국에서 들어오는 돈이 급격히 줄어 연변 전체의 경제가 많이 위축되고 있단다.

하지만 연길의 밤풍경은 칭다오에 못지않고, 늦은 밤까지 술집들이 영업을 하는 것은 칭다오보다 더한 것 같다. 내가 칭다오에서 밤중에 돌아다니는 일이 적은 탓도 있겠지만 대체로 칭다오는 밤 열시를 넘으면서 많은 음식점들이 문을 닫고 홍콩화원이나 타이동 같은 유흥가에 가야만 술을 마실 수 있다. 그에 비해 연길은 도시의 규모가 작음에도 불구하고 밤늦은 시간에도 어느 음식집이나 손님이 바글거린다. 저녁을 먹고 발 마사지 집에 들러 열두 시가 다 된 시간에 거리에 나와 보아도 거의 모든 술집들이 초저녁 같이 성업 중이어서 서울의 밤 문화가 연길에 그대로 옮겨왔다는 느낌을 갖게 된다.

연길의 인구는 늘고 있지만 조선족의 수는 점차 줄고 있는 것으로 알고 있다. 연변조선족자치주가 성립된 것이 반세기가 지났고, 130만 명 정도 되던 조선족 인구는 그동안 200만 명에 가깝게 늘어났다. 그러나 연변과 동북지방에서 농촌을 중심으로 집거하던 조선족들은 개혁개방 이후 보다 나은 환경을 찾아 도시로 이동하고, 돈벌이를 찾아서 관내로 또 한국으로 이주하면서 연변 지역의 조선족 인구는 전체적으로 줄고 있는 형편이다. 조선족들이 교육이나 경제적인 환경을 고려하여 그간의 집거지였던 농촌에서 도시로 이탈함으로서 대부분의 농촌 지역은 조선족 마을에서 한족 마을로 변화하고 있다. 그 결과 연길의 조선족 인구는 그대로 유지되고 있지만 왕청이나 안도와 같은 지역에는 조선족 수가 자치주를 구성하기 어려운 수준으로 급감하고 있는 실정이다.

또 연변에 호구를 두었지만 살지는 않고 있는 조선족의 수가 엄청나게 늘어나고 있다. 정확한 통계가 있는 것은 아니지만 30만 명 정도의 조선족이 임금 수준이 높은 한국으로 나가 돈을 벌고 있고, 40만 명이 넘는 조선족들이 보다 나은 경제적 환경을 찾아 관내로 이동하여 연변

211

지역에서의 조선족의 감소는 우려할 수준에 이르고 있다는 것이다. 최근 연길, 용정, 도문을 합쳐 연용토조선족자치시를 운위하는 것도 연변조선족자치주를 유지할 만큼 조선족의 인구가 충분하지 않다는 사실을 반영한 것이라는 생각이 든다.

연변 조선족들이 관내로 이동하여 가장 많이 모여 사는 지역이 북경과 상해와 산동 지방이다. 호구를 옮기지 않은 사람이 많아 정확하지는 않지만 대체적으로 북경 지역에 3~4만 명, 상해 지역에 2~3만 명, 연태와 위해 지역에 10만 명 가까이 그리고 칭다오에 20만 명이 넘는 조선족들이 살고 있는 것으로 이야기된다. 이들 지역에 조선족이 많이 살고 있다는 사실은 연길 공항으로 연결되는 항공편으로 짐작이 가능하다.

중국의 최변방인 연길 공항에는 국제선은 한국으로만 정기 운항되고 있고, 국내선은 북경, 상해, 장춘, 심양, 대련, 칭다오, 연태 등의 도시에 직항편이 연결된다. 이 항공편의 양상은 연변 지역의 조선족들이 이동해간 양상과 정확히 일치한다. 장춘, 심양, 대련은 원래부터 조선족의 집거지이고 연길이 속해 있는 동북 지방의 대표적인 도시들이니 항공편이 있는 것은 당연하다. 그리고 북경이나 상해는 중국의 정치적 · 경제적 중심지이니 항공편이 연결되어야 할 것이다. 이외의 세 노선 즉 인천, 대련, 칭다오는 그 지역에 조선족들이 대거 이동하여 항공편을 많이 이용한다는 사실을 반영해주는 것이다.

조선족들이 칭다오, 위해, 연태로 이동하여 터를 잡은 것은 이 지역이 한국과 가까워서 한국 기업들이 많이 진출한 것과 깊은 관련을 갖는다. 700만 명 정도가 살고 있는 칭다오에 10만 명이 넘는 한국인을 포함해 30만 명을 상회하는 한인들이 상주하고 있고, 위해나 연태에도 10만 명에 가까운 조선족과 5만 명이 넘는 한국인이 살고 있다 보니 이 지역에는 연변에서 보는 것과 같은 한어와 한글을 함께 병기하는 조선족과 한국인 상대 영업장들이 적지 않다.

칭다오만 하더라도 도시 여기저기에서 눈에 뜨이는 한글 간판을 제외하더라도 향항중로와 향항동로에 조선족 가게들이 집중되어 있어 한국 음식과 생활용품들을 불편 없이 구할 수 있다. 더욱이 성양의 태양성 지역에는 두 블록 정도가 전부 한글 간판을 단 가게들이 이어지고, 이촌이나 이창 지역과 황도 지역에도 조선족 영업장이 밀집된 지역들이 존재한다. 그곳에서는 음식은 물론 생활에 필요한 거의 모든 것을 한국말을 사용하여 구할 수 있다. 한국인이 생활하기에 아무런 불편이 없는 환경이 만들어져 있는 것이다. 이러한 조선족 가게가 밀집된 풍경은 이 년 전에 가 본 위해에서도 마찬 가지였다. 그리고 이러한 환경은 더 많은 조선족들을 이 지역으로 불러들이는 요인으로 작용하기도 한다.

칭다오 여기저기 한인들의 삶의 현장이 눈에 띈다

칭다오에 20만 명이 넘는 조선족들이 살고 있다면 칭다오는 이미 연길에 이어 가장 많은 조선족들이 살고 있는 도시가 된다. 연길에 살고 있는 인구가 60만 명 정도이고, 그 중 조선족이 절반 정도 된다는데 그렇다면 이미 칭다오와 연길의 조선족 수는 커다란 차이를 보이지 않는 것이 된다. 물론 연길은 근처에 조선족들이 모여 사는 용정이나 도문이 있고 또 화룡이나 훈춘 등지에도 조선족들이 많이 살고 있으니 칭다오에 비길 것은 아니지만, 같은 산동성 안의 위해나 연태에 거주하는 조선족을 생각하고 또 지속적으로 진행되는 조선족의 유입을 감안하면 산동 지역의 조선족이 연변 지역의 조선족의 수를 능가하게 될지 모른다는 생각을 하게 된다.

조선족은 지금 제 2의 이산을 맞이하고 있다. 100년 전부터 삶의 터전을 찾아 만주로 이동했던 한민족의 후예인 조선족들은 이제 또 다시 보다 나은 경제적인 환경을 찾아 새로운 이산하고 있는 것이다. 조선족과 그들의 문학에 관심을 갖는 나로서 이들의 새로운 이산을 주시하고 그것이 갖는 의미를 생각하게 되는 것은 어쩌면 당연한 일인지도 모르겠다. 아니 조선족 학자든 한국인 연구자든 인문학을 하는 사람이라면 조선족의 이 같은 새로운 이산을 조금 더 관심을 가지고 살펴보고, 그것이 갖는 의미와 문제점에 대해 깊이 사유할 필요가 있다는 생각을 하게 된다.

칭다오 내 사랑

초판 1쇄 인쇄일 | 2011년 11월 9일
초판 1쇄 발행일 | 2011년 11월 11일

지은이 | 최병우
펴낸이 | 정구형
출판이사 | 김성달
편집이사 | 박지연
책임편집 | 이하나
본문편집 | 정유진
디자인 | 정문희
마케팅 | 정찬용
영업관리 | 한미애 김정훈 안성민
인쇄처 | 현문
펴낸곳 | **새미**
　　　　등록일 2005 13 14 제17-423호
　　　　서울시 강동구 성내동 447-11 현영빌딩 2층
　　　　Tel 442-4623 Fax 442-4625
　　　　www.kookhak.co.kr
　　　　kookhak2001@hanmail.net

ISBN | 978-89-5628-586-3 *03800
가격 | 13,000원

* 저자와의 협의하에 인지는 생략합니다.
새미는 **국학자료원**의 자회사입니다.

잘못된 책은 구입하신 곳에서 교환하여 드립니다.